www.ingramcontent.com/pod-product-compliance
Lightning Source LLC
LaVergne TN
LVHW011943070526
838202LV00054B/4784
* 9 7 8 8 1 9 5 9 8 8 6 1 7 *

دوسرا زینہ

(بچوں کا مہماتی ناول)

سراج انور

© Farha Sadia
Doosra Zeena (Kids Novel)
by: Siraj Anwar
Edition: November '2022
Publisher & Printer:
Taemeer Publications, Hyderabad.

ISBN 978-81-959886-1-7

مصنف یا ناشر کی پیشگی اجازت کے بغیر اس کتاب کا کوئی بھی حصہ کسی بھی شکل میں بشمول ویب سائٹ پر اَپ لوڈنگ کے لیے استعمال نہ کیا جائے۔ نیز اس کتاب پر کسی بھی قسم کے تنازع کو نمٹانے کا اختیار صرف حیدرآباد (تلنگانہ) کی عدلیہ کو ہو گا۔

©فرح سعدیہ

کتاب	:	**دوسرا زینہ** (بچوں کا ناول)
مصنف	:	**سراج انور**
صنف	:	ادب اطفال
ناشر	:	تعمیر پبلی کیشنز (حیدرآباد، انڈیا)
زیر اہتمام	:	تعمیر ویب ڈیولپمنٹ، حیدرآباد
ترتیب / تہذیب	:	مکرم نیاز
سالِ اشاعت	:	۲۰۲۲ء
تعداد	:	(پرنٹ آن ڈیمانڈ)
طابع	:	تعمیر پبلی کیشنز، حیدرآباد – ۲۴
صفحات	:	۱۶۰
سرورق ڈیزائن	:	مکرم نیاز

انوکھا اِنعام

بزُرگ کہا کرتے ہیں کہ بچّوں سے تو شیطان بھی پناہ مانگتا ہے۔ اصل میں جن بچّوں کے بارے میں یہ بات کہی گئی ہے وہ انجم اور ثروت ہیں۔ وہی دونوں شریر بھائی بہن، جن کو دیکھ کر محلّے والے کھڑکیاں بند کر لیا کرتے ہیں۔ خوانچے والے جلدی سے اپنا خوانچہ سر پر رکھ کر نو دو گیارہ ہو جاتے ہیں اور بھئی حد تو یہ ہے کہ جانور تک ڈر کے مارے دُم دبا کر بھاگ جاتے ہیں۔

انجم اور ثروت کی شرارتیں ہی کچھ ایسی ہیں کہ بزُرگ اپنے کانوں پر ہاتھ رکھیں اور ہم عُمر بچّے اُن کے سائے سے بھی کترائیں۔ لیکن اُن کا یہ خاص واقعہ جو اب میں آپ کو سُنانے والا ہوں اِس لائق ہے کہ بچّوں کی بہادری کی داستانوں میں

سُنہری حروف سے لکھا جائے۔ دیکھا جائے تو اِس انوکھی داستان میں انجم اور ثروت نے اپنی شرارت سے زیادہ اپنی عقل کو استعمال کیا ہے اور کیوں نہ کریں جب کہ بزرگوں نے یہ بھی کہا ہے کہ شریر بچّے عقل مند بھی ہوتے ہیں۔

تو یہی شریر اور عقل مند بچّے ایک دن اپنے گھر میں بے چینی سے ٹہل رہے تھے۔ وجہ اِس بے چینی کی صرف اِتنی سی تھی کہ ٹیلی وژن کا ایک خاص پروگرام ٹھیک سات بجے شام شروع ہونے والا تھا اور سات تھے کہ کم بخت بج کر ہی نہ دیتے تھے۔!

شام کے ساڑھے چھ بج رہے تھے اور اُن دونوں کو مُلک کی سب سے بڑی صابن بنانے والی فیکٹری کی جانب سے پیش کیے جانے والے پروگرام "چنبیلی کے جھاگ" کا انتظار تھا۔ انتظار کی وجہ بھی سُن لیجیے۔ انجم کے والد صاحب نے چنبیلی صابن کی جانب سے پیش کیے گئے ایک انعامی مقابلے میں حصّہ لیا تھا دراصل یہ ایک اشتہار تھا جس میں کچھ سوالات دیے گئے تھے اور لوگوں سے کہا گیا تھا کہ

وہ اُن سوالات کے جواب دیں۔ اگر اُن کے جواب کمپنی کے جوابوں سے مل گئے تو انعام دیا جائے گا اور یہ انعام ٹیلی وژن سٹوڈیوز میں دیا جائے گا تاکہ لوگ بھی دیکھ سکیں۔ خوش قسمتی سے انجم کے والد اسلم صاحب کا جواب بالکل ٹھیک آیا اور اب وہ اپنا انعام لینے کے لیے ٹیلی وژن سٹوڈیو گئے ہوئے تھے۔

خُدا خُدا کر کے سات بجے اور "چنبیلی کے جھاگ" والا پروگرام شروع ہُوا۔ اناؤنسر اعلان کر رہا تھا کہ اسلم صاحب نے بالکل صحیح جواب بھیج کر جو انعام پایا ہے وہ اب انھیں دیا جارہا ہے۔ اس نے یہ بھی بتایا کہ یہ انعام ایک پیکیٹ کی شکل میں ہے جس میں اسلم صاحب کے لیے ایک عجیب وغریب انعام ہے۔ یہ اِنعام وہ گھر جا کر دیکھیں گے۔ ابھی تو انھیں پیکیٹ دیا جارہا ہے۔

اسلم صاحب ٹیلی وژن کی سکرین پر نظر آئے تو ثروت نے چلّانا شروع کر دیا۔

"ابّا جی - ابّا جی - دیکھیے میں یہاں ہوں۔ یہاں۔"

تھی نا بالکل بے وقوف لڑکی! بھلا اسلم صاحب

کس طرح اُسے دیکھ سکتے تھے۔ ثروت خود بھی یہ بات جانتی تھی مگر جوش کی حالت میں اُس سے یہ نادانی ہو ہی گئی۔

"کتنی گدھی ہے یہ"۔ انجم نے منہ بنا کر امی سے کہا" بھلا ابا جی اِس کی آواز سُن سکتے ہیں؟"

"جمی بھیا۔ ابا جی کو سکرین پر دیکھ کر میں اپنے آپ میں نہ رہی تھی"۔ ثروت جھینپ گئی۔

"اچھا اب سُننے دو۔ تمام پروگرام مکلوا دیا لے کے"۔ انجم نے یہ کہہ کر ٹیلی وژن کی طرف دیکھا تو ابا جی اناؤنسر سے پیکٹ لینے کے بعد جا رہے تھے اور اناؤنسر چنبیلی صابن کی ٹکیا لوگوں کو دکھاتے ہوئے کہہ رہا تھا:" ہمیشہ یہی صابن استعمال کیجیے۔ اس کے استعمال سے فرحت محسُوس ہوتی ہے۔ جسم میں تازگی آتی ہے اور۔۔۔"

انجم نے سوئچ بند کر دیا تھا اور غُصّے سے کہہ رہا تھا" آتی ہو گی جی تازگی۔ اس وقت تو اِس ثرّو کی بچّی نے موڈ آف کر دیا"۔

"مَیں نے کیا کر دیا؟ تم ہی نے باتیں بنانی شروع کر دی تھیں"۔ ثروت نے کہا۔" ہائے جمی بھیا، تم

نے دیکھا ابا جی کتنے اچھے لگ رہے تھے؟"
"لگ رہے ہوں گے۔ کان مت کھاؤ۔ مجھے سوچنے دو کہ اس پیکٹ میں کیا ہو سکتا ہے؟"
"میں بتاؤں؟" ثروت خوشی کے مارے کھڑی ہو گئی اور ہاتھ پھیلا کر بولی: "اس پیکٹ میں پوری دنیا کے سفر کا ٹکٹ ہوگا۔ کیوں امّی؟"
"ہونھ..." انجم نے ناک چڑھائی۔ "میرے خیال میں تو ٹرانسسٹر ہوگا۔"

اسلم صاحب جب گھر میں داخل ہوئے تو دونوں بچوں نے اچھل اچھل کر ان سے پیکٹ چھیننا چاہا مگر انھوں نے پیکٹ کسی کو نہیں دیا۔ حقیقت تو یہ ہے کہ وہ خود بھی اسے کھولنے کے لیے بے تاب تھے۔ بچہ ہو یا بوڑھا، انعام پانے کی خوشی تو سب کو ہی ہوتی ہے۔

پیکٹ بڑے اطمینان سے کھولا گیا۔ اس میں سے لال لال باریک کاغذوں میں لپٹا ہوا ایک سرکاری اسٹامپ کاغذ نکلا جو سرخ رنگ کے ربن سے بندھا ہوا تھا۔ ربن کے ساتھ ہی ایک خط نتھی تھا۔ اسلم صاحب نے بڑی بے تابی سے خط کھولا اور پھر

اُسے زور زور سے پڑھنا شروع کیا۔ لکھا تھا:
"مُبارک ہو۔ آپ کو ایسا اِنعام دیا جا رہا ہے جو آج تک کسی کو نہیں دیا گیا۔ ساحلِ سمندر سے تیس میل شمال مغرب میں ایک چھوٹا سا جزیرہ ہے جس کی لمبائی چوڑائی ایک فرلانگ کے لگ بھگ ہے۔ یہ جزیرہ آپ کو اِنعام میں دیا جا رہا ہے۔ مگر ایک شرط ہے۔ آپ اپنے خاندان کے ساتھ اِس جزیرے پر تین مہینے گزاریں گے اور روزانہ چنبیلی صابن سے نہائیں گے۔ ہم نے آپ کے رہنے کے لیے جزیرے میں ایک خوبصُورت سا جھونپڑا بنوا دیا ہے اور اس میں کھانے پینے کا سامان بھی رکھوا دیا ہے۔ ایک ہفتے کے اندر اندر آپ کو کالے جزیرے پہنچ جانا ضروری ہے"

نیچے چنبیلی سوپ فیکٹری کے ڈائریکٹر کے دستخط تھے۔ خط پڑھنے کے بعد اسلم صاحب کا تو مُنہ لٹک گیا لیکن انجم اور ثروت خوشی کے مارے قلابازیاں کھانے لگے۔ پورے کمرے میں وہ چیختے چلّاتے پھر

رہے تھے۔ امّی نے بڑی مشکل سے اُنھیں خاموش کرایا۔

"عجیب مُصیبت ہے۔ بھلا میں جزیرے کا مالک بن کر کیا کروں گا؟" اسلم صاحب نے کہا۔

"وہی جو سندباد جہازی نے کیا ابّاجی۔" انجم کی باچھیں کِھلی جارہی تھیں۔

"جی ہاں۔" ثروت نے خوشی کے مارے ہاتھ مَلتے ہُوئے کہا۔ "رابن سَن کروُسو بھی ایک ویران جزیرے میں جا کر بہت خوش ہُوا تھا ابّاجی — ہائے کِتنی عُمدہ جگہ ہوگی۔ چاروں طرف سمندر اور بیچ میں ہم سب۔ ہائے اللہ۔!"

"روزانہ ہم سمندر کی ٹھنڈی ٹھنڈی لہروں میں اُچھلیں کودیں گے اور چنبیلی صابن سے مَل مَل کر نہائیں گے۔ بڑا مزا آئے گا امّی۔ کیوں ابّاجی...؟" انجم کی پُوری بتیسی باہر نکلی پڑ رہی تھی۔

"اور وہاں میٹھے میٹھے ناریل کے درخت بھی تو ہوں گے۔" ثروت کی رال ٹپک پڑی۔ "میں تو ڈھیر سارے ناریل کھاؤں گی۔"

"ارے بھئی خاموش۔ مجھے سوچنے دو۔" اسلم صاحب

کی پیشانی پر بل پڑے ہوئے تھے۔

"ہاں سفر تو عجیب سا ہے۔ یہاں سے تیس میل دُور ایک سُنسان سا جزیرہ۔" امّی بھی سوچ میں پڑ گئیں "سُنسان بھی اور بھیانک بھی۔ خدا جانے وہاں کیا کیا خطرے ہوں؟"

"خطرہ وطرہ کچھ نہیں ہوگا اباجی۔ آپ چلیے تو سہی۔" انجم کو معاملہ چوپٹ ہوتا دکھائی دیا۔

"بیٹے ہر قدم سوچ سمجھ کر اُٹھانا چاہیے۔ جلدبازی اچھی چیز نہیں۔" امّی بولیں۔

"اچھا بتایئے خطرہ کیسا ہو سکتا ہے؟"

"سُنسان جگہ پر ہم رہیں گے کیسے؟ ممکن ہے وہاں درندے بھی ہوں۔ اور سب سے بڑی بات یہ کہ مجھے یاد پڑتا ہے کہ چند سال پہلے کچھ لُٹیروں نے بھی اُس جزیرے کو اپنا اڈّا بنایا تھا۔"

"پھر اِس سے کیا۔؟" انجم نے پُوچھا۔

"وہ لُوٹ کا مال وہاں چھُپا دیتے تھے۔ ہمیں وہاں نہیں جانا چاہیے۔ ممکن ہے ہمیں وہاں کسی خطرے کا سامنا کرنا پڑ جائے۔ اُس کا نام ہی کالا جزیرہ ہے۔"

ابا کی یہ باتیں سُن کر انجم اور ثروت سوچ میں پڑ گئے۔ یہ بات تو انھوں نے سوچی بھی نہیں تھی۔ اُن کا شوق اور خوشی اِس طرح دب گئی جیسے راکھ پر کوئی پانی ڈال دے۔ انجم بہت دیر تک خاموش بیٹھا رہا۔ وہ شریر بھی تھا اور نڈر اور بہادر بھی۔ خطروں میں کُودنا اُس کا محبُوب مشغلہ تھا۔ کافی دیر غور کرنے کے بعد وہ بولا:

"اباجی ہم لوگ ضرور چلیں گے۔ ہمیں خطروں سے نہیں گھبرانا چاہیے۔ سچ ہمیں تو بڑا لُطف آئے گا۔ ہم یہاں سے پُورا انتظام کر کے چلیں گے۔"

"مثلاً ـــــ؟" اسلم صاحب نے مُسکرا کر پُوچھا۔ دل ہی دل میں وہ بیٹے کی ہمت کی داد بھی دے رہے تھے۔

"مثلاً یہی کہ ہم حکومت کی اجازت سے وائر لیس سیٹ ساتھ لے چلیں گے۔ خُدا نخواستہ اگر کوئی خطرہ درپیش ہُوا تو ہم وائر لیس کے ذریعے مدد حاصل کر سکتے ہیں۔ اِس کے ساتھ ہی میں اپنے دوست نعیم کو بھی ساتھ لے لوں گا۔ وہ بُہت بہادر اور عقل مند ہے۔"

"نعیم —— وہ مرزا پھویا؟" ثروت نے ناک سکوڑ کر کہا۔ "پھونک مار دو تو پتنگ کی طرح ہَوا میں اُڑ جائے:"

"دیکھ لیجیے اَباجی۔ ثروّ کیا کہہ رہی ہے۔ اِسے میرے دوستوں کو ایسا کہنے کا کوئی حق نہیں ہے۔"

"کیوں نہ کہوں، تمُ بھی تو میری سہیلیوں کو گنجی کبُوتریاں کہتے ہو۔"

ثروت نے یہ کہہ کر انگوُٹھا دکھایا اور پھر انجم اُسے مارنے کے لیے دوڑا۔ مگر اباجی نے بیچ بچاؤ کرا دیا۔ ورنہ وہیں پانی پت کا میدان بن گیا ہوتا۔!

سفر شروع ہوتا ہے

انجم اور ثروت تو خوش تھے مگر اسلم صاحب ابھی تک سوچ میں پڑے ہوئے تھے۔ دراصل وہ یہ سوچ رہے تھے کہ ایسے ویران جزیرے کے مالک بن کر وہ کریں گے کیا؟

ایسے جزیرے میں جانے کا مطلب تو یہ ہے کہ دُنیا سے بالکل الگ تھلگ ایک مقام پر رہا جائے، لیکن خُدا جانے وہاں کیا کیا مُشکلات پیش آئیں۔ کِن کِن خطروں کا مقابلہ کرنا پڑے اور پھر وہ اکیلے ہوں تو یہ مُصیبت برداشت بھی کرلیں بچوں کو ساتھ لے کر جانے کا مقصد ہے اپنی مُصیبتوں اور پریشانیوں میں اِضافہ کرنا —— نہیں یہ تو بڑا مشکل کام ہے۔!

پوری رات اِسی اُدھیڑ بُن میں گزر گئی۔ انجم اور

ثروت کو بڑے سہانے سپنے دکھائی دیتے رہے۔ مگر اسلم صاحب رات بھر کروٹیں بدلتے رہے۔ وہ ابھی تک کوئی فیصلہ نہیں کر پائے تھے۔ ثروت کی امّی سے بھی انھوں نے مشورہ کیا تھا مگر وہ بھی کوئی جواب نہ دے سکی تھیں۔

لیکن آخر کار یہ مسئلہ بھی خود بخود حل ہو گیا۔ ہُوا یہ کہ صُبح ہوتے ہی اخباروں کے نامہ نگار اور فوٹو گرافر اسلم صاحب کی تصویریں لینے کے لیے آ گئے۔ انھوں نے اُن کا انٹرویو بھی لیا۔ بعد میں یہی تصویریں اور انعام کی پُوری داستان دُوسرے دن صبح کے اخباروں میں بڑی بڑی سُرخیوں کے ساتھ شائع ہو گئی۔ نامہ نگاروں نے بڑھا چڑھا کر یہ خبر شائع کی تھی کہ اسلم صاحب اُس جزیرے کے مالک بن گئے ہیں اور اِسی ہفتے میں کالے جزیرے میں جانے والے ہیں۔ اِس کے ساتھ ہی نامہ نگاروں نے اسلم صاحب کی بہادری اور عقل مندی کی تعریف کرتے ہوئے یہ بھی لکھا تھا کہ 'اُن جیسا بہادر آدمی ہی ایسے سُنسان جزیرے میں جاکر رہ سکتا ہے۔ یقین کیا جاتا ہے کہ وہ وہاں جانے کے بعد تمام حالات کا

جواں مردی سے مقابلہ کریں گے اور وہاں کی رپورٹ برابر اخباروں کو بھیجتے رہیں گے۔

اسے کہتے ہیں کہ مرتے کو مارے شاہ مدار ——— بیچارے اسلم صاحب کے اوسان خطا ہو گئے۔ سوچ کیا رہے تھے اور ہو کیا گیا۔ اپنی عزّت بچانے کی خاطر اب اُن کے لیے یہ سفر کرنا ضروری ہو گیا تھا۔ اگر کالے جزیرے نہیں جاتے ہیں تو پورا شہر اُنھیں بزدل اور ڈرپوک کہے گا اور سچی بات تو یہ ہے کہ ڈرپوک سے ڈرپوک آدمی بھی خود کو بزدل کہلوانا پسند نہیں کرتا۔

اسلم صاحب سفر کے لیے آمادہ ہو گئے تھے اور انجم اور ثروت کی جیسے باچھیں کھِل گئی تھیں۔ گرمیوں کی چھٹیاں اگلے ہفتے ہونے والی تھیں اس لیے نعیم کے ماں باپ سے بھی اُسے ساتھ لے چلنے کی اجازت لے لی گئی تھی۔

پھر دوسرے ہی دن محلّے والوں نے ایک جلسہ کیا اور اس جلسے میں بھی وہی باتیں دہرائی گئیں جو حقیقت میں غلط تھیں لیکن جنھیں عزّت بچانے کی خاطر اسلم صاحب نے مان لیا تھا۔ یعنی یہی کہ وہ

بہادُر ہیں اور جواں مرد ہیں وغیرہ وغیرہ۔ اسلم صاحب کے چہرے پر ہوائیاں چھوٹ رہی تھیں مگر بیچارے مجبُوراً مُسکراتے رہتے۔

نعیم جتنا دُبلا پتلا تھا اتنا ہی سینہ نکال کر چل رہا تھا۔ اپنے دوستوں میں اُس نے یہ مشہُور کر دیا تھا کہ چُوں کہ انجُم اور ثروت زیادہ بہادُر نہیں ہیں اس لیے اپنی مدد کے لیے اُسے لے جا رہے ہیں۔ اُس کے دوست اُسے تعجُب سے دیکھ رہے تھے۔ تعجُب کی بات بھی تھی۔ وہ نعیم جو مچھر کو مارتے ہُوئے بھی تھر تھر کانپتا ہو، اچانک پلک جھپکتے میں اتنا بہادُر بن جائے کہ دُوسرے اُسے اپنے ساتھ چلنے کی دعوت دیں ——— کیا کمال کی بات نہیں ہے؟

خیر، اب تو جو ہو سو ہو۔ نعیم کو انجُم اور ثروت کے ساتھ چلنا ہی تھا اس لیے وہ ریڈیو سٹیشن بنا ہُوا تھا اور روزانہ کی تازہ خبریں اپنے مُنہ سے نشر کرتا رہتا تھا۔ انجُم اور ثروت نے اس کے مشورے سے اپنا سامان باندھنا شروع کر دیا تھا۔ بیٹری سے چلنے والی ریل گاڑی، پلاسٹک کی ہوا بھرنے

والی بطخیں اور چڑیاں مارنے والی بندوق، گڑیاں اور پڑھنے کی کتابیں۔ غرض سب کچھ اُنھوں نے سُوٹ کیسوں میں بھرنا شروع کر دیا تھا۔

انجُم کو غُلیل کا بھی شوق تھا۔اِس لیے اُس نے غُلیل بھی لے لی۔ اُس نے سوچا تھا کہ راستے میں پرندوں کا شکار کرتا ہُوا جائے گا۔ ثروت میک اَپ کی بڑی شوقین تھی اور اس کو ہر وقت اپنی کنگھی چوٹی کا خیال لگا رہتا تھا اس لیے اُس نے رُوپے جتنا آئینہ اپنے پاس رکھ لیا تھا۔

آخر کار وہ گھڑی آ گئی جس کا انجُم اور ثروت کو اِنتظار تھا اور وہ اپنی امّی، ابّا اور دوست نعیم کے ساتھ بندرگاہ پہنچ گئے۔ یہاں سے ایک موٹر کشتی اُنھیں لے کر کالے جزیرے کی طرف روانہ ہونے والی تھی۔ یہاں اُن سب کے لاتعداد فوٹو کھینچے گئے۔ چنبیلی صابن کے نمائندے اُنھیں الوداع کہنے آئے تھے۔

کشتی کا ملّاح ایک موٹا تازہ آدمی تھا۔ اُس کے چہرے پر گھنی ڈاڑھی تھی۔ اور وہ ہمیشہ ہنستا رہتا تھا انجم اور ثرَوت کو وہ بہت اچھا لگا۔ البتّہ نعیم نے

اُسے دیکھ کر بیزاری سے اپنا مُنہ دُوسری طرف پھیر لیا۔
کشتی جب سمندر کے اندر کافی دُور تک پہنچ گئی اور ساحل کے مکانات بالکل گڑیوں کے گھر سے نظر آنے لگے تو ملّاح، جس کا نام سُومار تھا، ہنسنے لگا۔ اسلم صاحب اور نعیم کو اُس کی یہ بے وقت کی ہنسی بہت کھلی۔ آخر اُنھوں نے اُس سے پُوچھ ہی لیا:
"تم ہنس کیوں رہے ہو سُومار؟"
"میں تو جناب ہمیشہ خوش رہنے کے لیے ہنستا ہُوں۔ کوئی خاص بات نہیں ہے۔"
"کیا تم پہلے کبھی اِس جزیرے میں گئے ہو؟" اسلم صاحب نے پوچھا۔
"جی نہیں۔ آج تک اِتّفاق نہیں ہُوا۔" سُومار نے کچھ سوچتے ہُوئے کہا۔ "ویسے سُنا ہے کہ جزیرہ ہے بہت خوب صُورت۔"
"ہاں ہاں ۔ ہم نے بھی یہی سُنا ہے۔" انجم خوش ہو کر بولا۔
"مگر جناب، میں آپ کی بہادری کی تعریف کیے بغیر بھی نہیں رہ سکتا۔" سُومار نے ہنستے ہُوئے کہنا شروع

کیا۔" ایسی بھیانک اور سُنسان جگہ پر آپ بچوں کے ساتھ تین ماہ تک رہیں گے۔ تعجُب ہے۔"

"کیوں؟ اس میں تعجُّب کی کیا بات ہے؟" امّی نے گھبرا کر پُوچھا۔

"جزیرے میں طُوفان بہت آتے ہیں۔ اس کے علاوہ سُنا ہے کہ وہاں پر مامبا بھی رہتے ہیں۔"

"مامبا! — مامبا کون؟" اسلم صاحب نے گھبرا کر پہلو بدلا۔

"وہاں کے اصلی باشندے — وہ لوگ غاروں اور کھوؤں میں آباد ہیں لیکن یہ سب سُنی سُنائی باتیں ہیں۔ آج تک کسی نے بھی اُنھیں نہیں دیکھا۔ لوگ کہتے ہیں کہ مامبا قوم اس جزیرے کو اپنا دیوتا مانتی ہے اور ظاہر ہے کہ دیوتا کی بے عزّتی کوئی بھی برداشت نہیں کر سکتا۔"

"یعنی۔ آپ کا مطلب ہے کہ وہ جزیرہ آباد ہے۔" امّی نے پریشان ہو کر پُوچھا۔

"افواہیں ہیں بیگم صاحبہ۔ ورنہ میں تو اُس جزیرے کے پاس سے ہزاروں بار گُزرا ہُوں۔ اگر وہاں آبادی ہوتی تو کوئی نہ کوئی شخص مجھے ضرور نظر آتا۔

یا پھر وہاں سے دُھواں اُٹھتا ہی دکھائی دیتا۔ مگر آپ فکر نہ کریں یہ سب من گھڑت باتیں ہیں۔ اس جزیرے پر سوائے پرندوں کے اور کوئی جاندار آباد نہیں ہے۔"

"اُفوہ۔" اسلم صاحب نے اطمینان کا لمبا سانس لیتے ہوئے کہا۔ "تم نے تو میرا دل ہی دہلا دیا تھا۔"

"آپ پریشان نہ ہوں۔" شومار نے ہنس کر کہا: "اگر خدا نخواستہ کوئی خطرے کی بات ہو تو وائرلیس سے مجھے ساحل پر پیغام بھیج دیجیے گا۔ میں فوراً آپ کی مدد کے لیے پہنچ جاؤں گا۔"

اسلم صاحب نے یہ سُن کر اب جو سانس لیا، وہ پہلے سے بھی زیادہ لمبا تھا۔ اب وہ پُوری طرح مُطمئن ہو گئے تھے۔ تیس میل کا سفر ہی کیا ہوتا ہے کچھ ہی دیر بعد کالے جزیرے کی لمبی اور اُونچی چٹانیں نظر آنے لگیں اور اِن چٹانوں کو دیکھتے ہی انجم بُری طرح چیخا:

"ہُرّے!۔ وہ آ گیا کالا جزیرہ۔"

واہ۔ ہائے ہائے۔ دُور تک پھیلا ہُوا نیلا سمندر۔ چاندی کی طرح چمکتی ہُوئی ریت۔ دُودھیا ساحل اور

ٹھنڈی ٹھنڈی ہَوائیں ۔ امّی کہیں یہ خواب تو نہیں ہے۔" ثروت نے آنکھیں مُوند لیں۔

"اِن مضافات میں ایسی دِلآویز چٹانیں عَنقا ہیں۔" نعیم کو موٹے موٹے الفاظ استعمال کرنے کی عادت تھی اور وہ اِس طرح دُوسروں پر اپنی قابلیت کا رعب گانٹھا کرتا تھا۔ لیکن جب نعیم ایسے الفاظ بولتا تھا تو انجم اُسے چڑانے کی خاطر فوراً اُن کے معنی سُنا دیا کرتا تھا۔ اِس وقت بھی اُس نے یہی کیا:

"یعنی ایسی جگہوں پر ایسی خُوب صُورت چٹانیں نہیں مِلا کرتیں۔"

"بالکُل بالکُل ۔" نعیم جھینپ کر بولا۔

اس عرصے میں کشتی ساحل سے لگ چُکی تھی۔ سب لوگ اُس میں سے اُترے اور ٹھنڈے ٹھنڈے پانی پر چھپاکے اُڑاتے ہُوئے ریت کی طرف بڑھنے لگے۔ سوُمار سامان اُتار اُتار کر اُنھیں دیتا رہا اور پھر خوُد بھی آخری بنڈل اپنے کاندھوں پر اُٹھائے ہُوئے ریت پر آ گیا۔

"لیجیے جناب ۔ آپ کی منزل یہ ہے۔" اُس

نے سامان ریت پر رکھ دیا۔

"مگر شُومار صاحب، کیا آپ اِسے جزیرۂ سیاہ کہنے کی وجۂ تسمیہ بیان فرمائیں گے؟" ــــــ نعیم نے پُوچھا۔

"ان کا مطلب یہ ہے کہ اِس جزیرے کا نام کالا جزیرہ کیوں ہے؟" انجم نے معنی بتائے۔

"اوہ ـ" شُومار ہنسنے لگا۔ "میں سمجھا نہ جانے مسٹر نعیم کیا کہہ رہے ہیں؟ ـ ہاں تو اِسے اِس لیے کالا جزیرہ کہا جاتا ہے کہ جزیرے کے سب طرف کاہی جمی ہُوئی ہے اور دُور سے یہ کاہی بالکل کالی نظر آتی ہے ـ اور کچھ پُوچھیے؟"

"جی نہیں۔ شکریہ۔" اسلم صاحب نے جزیرے کی چٹانوں کو دیکھتے ہُوئے کہا۔

"اب مجھے اجازت دیجیے۔" شُومار نے جاتے ہُوئے کہا۔ "ایک بار میں پھر اتنا عرض کردوں کہ گھبرانے اور پریشان ہونے کی ضرورت نہیں۔ آپ جب چاہیں مجھے مدد کے لیے بُلا سکتے ہیں۔ اوّل تو اِس کی ضرورت ہی نہیں پڑے گی، لیکن اِحتیاط لازمی ہے، اچھّا خُدا حافظ۔"

جزیرے میں

شوہار خُدا حافظ کہہ کر چلا گیا اور وہ پانچوں اُس سُنسان اور ویران جزیرے پر کھڑے ہُوئے اُسے حسرت بھری نظروں سے جاتے ہُوئے دیکھتے رہے اُن کے دلوں کی عجیب حالت تھی۔ وہ خوش بھی تھے اور ڈر بھی رہے تھے۔ جب کشتی اُن کی نظروں سے اوجھل ہو گئی تو اُنھوں نے اِدھر اُدھر نظر دوڑائی مگر وہ خُوب صُورت سا جھونپڑا جس کے متعلق چنبیلی سوپ والوں نے اپنے خط میں لکھا تھا کہیں نظر نہ آیا۔ انجُم اور نعیم دُور دُور تک دیکھ آئے۔ اسلم صاحب نے بھی دُوربین لگا کر چاروں طرف دیکھا لیکن جھونپڑے کا دُور دُور تک پتا نہ تھا۔ خوش قسمتی سے اسلم صاحب اپنے ساتھ ایک خیمہ بھی لے آئے تھے۔ طے یہ ہُوا کہ دو چار دِن

خیمے میں گزارے جائیں۔ اس کے بعد جھونپڑے کو تلاش کریں گے۔ ساحل کے پاس ہی ایک اُونچی سی جگہ تھی۔ وہیں خیمہ لگانے کا فیصلہ ہُوا۔ سامان کے بنڈل فوراً کھول دیے گئے اور سب تھوڑا تھوڑا سامان اُٹھا کر اُوپر لے گئے۔ اس کے بعد سب نے مل کر خیمہ کھڑا کر لیا۔ رات ہُوئی تو مٹی کے تیل سے جلنے والی لالٹین جلا دی گئی۔ بستر بچھا دیے گئے اور پھر سب آرام کرنے کے لیے نرم نرم گدّوں پر لیٹ گئے۔

رات بھر سمندر کی پُر شور لہروں کی آوازیں آتی رہیں۔ اِن آوازوں کے ساتھ کُچھ اور آوازیں بھی تھیں جنھیں وہ نہ سمجھ سکے اور صرف اُن کے بارے میں سوچتے ہی رہے۔ یہ آوازیں سیٹی سے مِلتی جُلتی تھیں اور کبھی کبھار یُوں لگتا تھا جیسے ہزاروں اِنسانوں نے ایک ساتھ مِل کر ایک لمبی سی سِسکاری لی ہو۔ حقیقت یہ ہے کہ وہ سب اُس سِسکاری سے بہت خوف زدہ تھے۔ اُن کی سمجھ میں نہ آتا تھا کہ یہ آواز کیسی ہے۔ بار بار وہ اپنے دِلوں کو یہ کہہ کر تسلی دے لیا کرتے تھے کہ یہ

آواز دراصل درختوں کی ہے۔ ہوا جب اُن کے پتّوں سے ٹکراتی ہے تو اِس قسم کی سِسکاری نِکلتی ہے۔ مگر حقیقت کیا تھی۔؟ یہ تو بس اللہ ہی جانتا تھا۔ رات کو جو ڈر دلوں میں بیٹھ گیا تھا صُبح ہوتے ہی دُور ہو گیا۔ صُبح کی روشنی میں یہ جزیرہ سب کو بہت بھلا لگا۔ چڑیاں چہچہا رہی تھیں اور بہت سے جانور عجیب عجیب آوازیں نکال رہے تھے۔ انجم اور ثروت نسیم کے ہمراہ خیمے سے باہر آئے اور پھر تینوں جزیرے میں گھُومنے کے لیے کافی دُور آگے بڑھ گئے۔ انجم نے ایک بات بہت اچھی سوچی تھی۔ اُس نے کہا تھا کہ چوں کہ پینے کا پانی ان لوگوں کے پاس بہت کم ہے اِس لیے یہ بڑا ضروری ہے کہ کسی قُدرتی چشمے کو تلاش کیا جائے۔ ممکن ہے اِس بھاگ دَوڑ میں جھونپڑا بھی مِل جائے۔ اس طرح ایک تیر سے دو شکار ہو جائیں گے۔

چشمے کی تلاش میں وہ لوگ اِدھر اُدھر بھٹکتے پھر رہے تھے۔ اور پھر کچھ ہی دیر بعد چشمہ مِل گیا۔ سمندر کا پانی کھاری اور نمکین ہونے کے باعث

پینے کے قابل نہیں ہوتا' اِس لیے چشمہ پاکر وہ خوشی سے پھُولے نہیں سمائے۔

ٹھنڈے ٹھنڈے میٹھے پانی کے گھونٹ حلق سے اُتارنے کے لیے جیسے ہی انجم نے ہاتھ کا چُلّو بنا کر پانی میں ڈالا' اچانک وہ ایک ہلکی سی چیخ مار کر پیچھے ہٹ گیا۔

"کیا ہُوا؟ ۔ کیا بات ہے؟" نعیم نے گھبرا کر پُوچھا۔

"وہ.....وہ.....میں نے ابھی کسی کا عکس پانی میں دیکھا ہے۔"

"عکس!" ثروت کے حلق سے گھُٹی ہُوئی آواز نکلی۔

"ہاں ۔ دو کالی کالی' مگر چھوٹی سی آنکھیں مجھے گھُور رہی تھیں۔"

"یار دراصل تمہارے ذہن پر اوہام مسلط ہیں اور کچھ نہیں۔" نعیم نے کہا۔

"یعنی تمہیں وہم ہو گیا ہے جمّی بھیّا۔" اس بار ثروت نے معنی سمجھائے۔

"نہ جانے کیا بات ہے۔" انجم سوچ رہا تھا۔ "میں نے کسی کی کالی سی صُورت دیکھی تھی۔ وہ صُورت سُرخ سُرخ آنکھوں سے ہمیں گھُور رہی تھی۔"

"بس تو پھر آؤ۔ ہم واپس چل کر یہ حقیقت سب کے گوش گزار کرتے ہیں۔" نعیم نے سہم کر کہنا شروع کیا: "یہاں پر مزید قیام ہماری طبع پر گراں گزرے گا۔"

دونوں بہن بھائی اتنے خوف زدہ ہو گئے تھے کہ دونوں میں سے کسی نے مشکل الفاظ کے معنی بتانے کی ضرورت نہیں سمجھی۔

امّی نے ناشتا تیار کر لیا تھا اور خیمے کے باہر ہی کیلے کے پتّوں کا دسترخوان بنا کر سب سامان چُن دیا تھا اور اب امّی اور ابّا بچّوں کا انتظار کر رہے تھے۔ ثروت خاموشی سے ناشتا کرنے لگی۔ دل اِس قدر پریشان تھے کہ تینوں میں سے کوئی بھی چشمہ ڈھونڈھ نکالنے والی خبر نہ سُنا سکا۔ امّی کی تیز نگاہوں نے تاڑ لیا کہ ضرور کوئی بات ہے اور پھر اُن کے دریافت کرنے پر انجم نے سب باتیں بتا دیں۔ ابّا کے کان کھڑے ہوئے۔ اُن کا ہاتھ فوراً اپنے ریوالور پر گیا اور وہ چوکنے ہو کر سب طرف دیکھنے لگے۔

پھر ایک عجیب بات ہوئی۔ انجم نے کیلا

اُٹھانے کے لیے جیسے ہی ہاتھ بڑھایا، اچانک اس کے پیچھے سے ایک سُوکھا دُبلا سا، بالوں والا ہاتھ نمُودار ہُوا اور کیلا اس کے ہاتھ سے چھین کر غائب ہو گیا۔ انجم نے چلّا کر ہائے مر گیا، کا نعرہ لگایا اور اُچھل کر کھڑا ہو گیا اور پھر جب وہ چیز اُسے نظر آئی جو کیلا چھین کر لے گئی تھی تو وہ ضبط کے باوجُود اپنی ہنسی نہ روک سکا۔

سب ہنس رہے تھے اور بُری طرح ہنس رہے تھے، کیوں کہ وہ بات ہی ہنسنے کی تھی۔ اتنے بہادر اور شریر بچّے ایک معمُولی سے لنگُور کے بچّے سے ڈر جائیں — حد ہو گئی۔!

لنگُور کا بچّہ بھاگا کہیں نہیں۔ وہیں بیٹھ کر کیلا کھانے لگا۔ ثروت نے جب دُوسرا کیلا اُس کی طرف بڑھایا تو اُس نے ثروت کا ہاتھ تھام لیا۔ ثروت نے پُچکارا تو وہ قریب آ گیا اور پھر کچُھ ہی دیر بعد اُن دونوں کی دوستی پکّی ہو گئی۔

انجم لنگُور کے بچّے کو دیکھتے ہُوے کچُھ سوچ رہا تھا۔ دل ہی دل میں وہ شرمندہ بھی تھا کہ وہ بات اب سب کو کِس طرح بتائے؟ دراصل چشمے میں

جس چیز کا عکس دیکھ کر وہ ڈر گیا تھا وہ یہی لنگور کا بچہ تھا۔ مجبوری یہ تھی کہ ابا کو یہ بات بتانی بہت ضروری تھی کیوں کہ وہ ریوالور نکالے تیار بیٹھے تھے اور نہ جانے کب تک بیٹھے رہتے۔ یہ بات سوچ کر آخر انجم نے سچی بات امی اور ابا کو بتا ہی دی۔ قہقہے پھر بلند ہوئے اور انجم کافی دیر تک شرماتا رہا۔

اسی طرح دوپہر ہوئی اور پھر شام۔ شام کے وقت جزیرے میں ٹھنڈی ہوا کا زور بڑھ جاتا تھا اس لیے اس وقت تیز ہوائیں پام کے اونچے درختوں میں بری طرح چیخنے لگیں۔ اندھیرا آہستہ آہستہ گہرا ہوتا جا رہا تھا۔ جنگلی جانوروں کی آوازیں جزیرے کی چٹانوں سے ٹکرا کر گونج پیدا کر رہی تھیں۔ جانور اگر ایک چیختا تو محسوس یہ ہوتا کہ ہزاروں جانور چیخ رہے ہیں۔ چاند ابھی پوری طرح نکلا بھی نہیں تھا' مگر سمندر میں جوار بھاٹا آنے لگا تھا۔ اونچی اونچی لہریں سمندر میں اٹھتی ہوئی چٹانوں سے ٹکرا کر بڑا ڈراونا شور پیدا کر رہی تھیں۔

انجم اور ثروت سہمے ہوئے اپنے اپنے بستروں

پر بیٹھے ہُوئے تھے۔ نعیم بہادُر تو بالکل نہیں تھا مگر ظاہر یہی کرتا تھا کہ وہ بہت جی دار ہے۔ اُس کے انداز سے تو یہ ظاہر نہیں ہوتا تھا کہ وہ ڈر رہا ہے لیکن چہرہ کہتا تھا کہ اس کا دل قابُو میں نہیں ہے۔ وہ مُنہ ہی مُنہ میں کچھُ بڑبڑا رہا تھا۔انجم نے جب اُس کے ہونٹ ہلتے دیکھے تو بولا؛

"کیوں نعیم۔ کیا بات ہے؟ تُم کچھُ کہہ رہے ہو؟"

"ہاں۔ ماحول اتنا بھیانک ہے کہ میری قوّتِ گویائی سَلَب ہو گئی ہے۔"

"یعنی تمہارے بولنے کی قوّت ختم ہو گئی ہے۔" ثروت نے کہا۔

"بالکُل بالکُل۔" نعیم نے گردن ہلاتے ہُوئے کہا "دراصل مہُیب دَرندوں اور حَشَراتُ الارض کا خوف غالِب آ گیا ہے۔ کہیں یہ ہماری مُہم میں سدِ راہ نہ بن جائیں۔"

"کیا مطلب ہُوا جی بھیا؟" ثروت بے چاری اس بار بالکل نہ سمجھ پائی۔

"شاید یہ کہ خوف ناک درندوں اور کیڑے مکوڑوں کا ڈر ہے۔ یہ کہیں ہماری اس مُہم میں راستے کی

دیوار نہ بن جائیں۔" جتنا انجم سمجھ سکا اُتنا ہی اُس غریب نے بتا دیا۔

"اتنی گاڑھی اُردُو تم کس طرح بول لیتے ہو نعیم؟" ابا سے برداشت نہ ہوسکا اور وہ پُوچھ ہی بیٹھے۔

نعیم کے پاس جواب ہی کیا تھا۔ شرمندہ ہوکر غریب بغلیں جھانکنے لگا۔ امّی ہنسنے لگیں اور پھر اُن کا ساتھ انجم اور ثروت نے بھی دیا۔ نیند ابھی آنکھوں سے کوسوں دُور تھی اس لیے وقت کاٹنے کی خاطر بچّوں نے آپس میں ایک دُوسرے کو کہانیاں سُنانی شروع کر دیں۔ اب یہ تو آپ کو معلوم ہی ہے کہ بچّے اس زمانے میں بھی دیو پریوں کی کہانیاں پسند کرتے ہیں۔ بس ایسی ہی ایک کہانی جب نعیم نے سب کو سُنائی تو ثروت بے چاری ڈرنے لگی۔

ابا نے منع کر دیا کہ ایسی کہانیاں نہ سُنائی جائیں اور اب اِن سب کو آنکھیں بند کر کے سونے کی کوشش کرنی چاہیے۔ بچّے یہ سُن کر خاموشی سے لیٹ گئے۔ لالٹین کی روشنی دھیمی کردی گئی۔

پُرانا ڈبّا

اچانک ویسی ہی سِسکاری پھر بُلند ہُوئی یُوں محسُوس ہوتا تھا گویا ہزاروں کی تعداد میں لمبے لمبے اژدہے یہ آوازیں ایک ساتھ نکال رہے ہوں۔ بار بار یہ سِسکاریاں، تھوڑے تھوڑے وقفے کے ساتھ سُنائی دینے لگیں۔ ثروت کا ننّھا سا دل اندر ہی اندر بیٹھنے لگا۔ خُدا جانے یہ کیا بلا تھی؟

ابا نے ریوالور کے دستے کو مضبُوطی سے تھام لیا تھا اور وہ بھی حیرت سے اِن آوازوں کو سُن رہے تھے۔ سب دَم سادھے چُپکے لیٹے ہُوئے تھے اور سوچ رہے تھے کہ دیکھیے اب کیا ہوتا ہے؟ مگر خُدا کا شکر ہے کہ کچُھ بھی نہیں ہُوا۔ سِسکاریاں آہستہ آہستہ دُور ہوتی گیئں اور پھر اِتنی دُور ہوگیئں کہ سُنائی دینی بھی بند ہو گیئں۔ کافی دیر تک امّی اور

ابّا میں باتیں ہوتی رہیں۔ وہ مشورہ کر رہے تھے کہ یہ آوازیں کس قسم کی ہیں۔ مگر جب دونوں میں سے کوئی بھی ٹھیک ٹھیک جواب نہ دے سکا تو مجبوراً وہ خاموش ہو گئے۔ نیند اَب دماغ پر چھائی جا رہی تھی انجُم کی آنکھیں بند ہو چکی تھیں اور اس کی نیند پکّی ہونے ہی والی تھی کہ اچانک وہ ایک زور دار آواز سُن کر ہڑبڑا کر اُٹھ بیٹھا۔

باہر سے ڈھول پیٹنے کی آوازیں آ رہی تھیں۔

آوازیں بہت خوف ناک تھیں۔ بچّے لاکھ بہادُر سہی مگر ایسے سُنسان جزیرے میں کسی کی موجُودگی کو محسُوس کر کے گھبرا گئے۔ وہ پھٹی پھٹی آنکھوں سے امّی اور ابّا کو دیکھ رہے تھے۔ نعیم نے گہری نیند کا بہانہ کر لیا تھا، اِس لیے وہ ہلانے جُلانے کے باوجُود نہیں اُٹھا۔

ابّا نے ریوالور ہاتھ میں لیا اور امّی اور بچّوں کو اپنے پیچھے آنے کا اشارہ کر کے باہر نکل گئے۔ آگے آگے وہ اور پیچھے پیچھے بچّے۔ آوازیں تھیں کہ بند ہونے ہی میں نہ آتی تھیں اور یہ آوازیں اُس مقام سے آ رہی تھیں جہاں بچّوں نے دوپہر

کا کھانا کھایا تھا۔ ابّا نے ٹارچ روشن نہیں کی، کیونکہ خطرہ تھا کہ اگر کوئی ہُوا تو وہ روشنی دیکھتے ہی حملہ کر دے گا۔

پھُونک پھُونک کر قدم رکھتے ہُوئے وہ آوازوں کے قریب پہنچ گئے۔ کوئی بڑی بے دردی سے کسی چیز کو پیٹ رہا تھا۔ ایسا لگتا تھا کہ وہ چیز اس کے ہاتھ سے چھُوٹ بھی جاتی ہے اور وہ جلدی سے اُٹھا کر دوبارہ پیٹنے لگتا ہے۔ مصیبت تو یہ تھی کہ وہ جو کوئی بھی تھا، نظر نہ آتا تھا۔

آنکھیں پھاڑ پھاڑ کر اندھیرے میں دیکھنے کے بعد ابا کو کوئی سفید سی چیز ہلتی ہُوئی نظر آئی۔ انھوں نے نشانہ لینے کے بعد للکار کر کہا:

"خبردار! ذرا بھی مت ہلنا ورنہ گولی چلا دُوں گا۔"

اِس کے باوجود وہ چیز بدستُور ہلتی رہی اور آوازیں بھی آتی رہیں۔ ثروت رات کو تارے گِننے کی مشق کیا کرتی تھی اِس لیے اُس کی نگاہ بہت تیز تھی اس سے پہلے کہ اسلم صاحب اس چیز پر گولی چلا دیتے، ثروت چیخ اُٹھی:

"ابا جی! گولی مت چلایئے گا۔ یہ تو وہی لنگُور کا

بچہ ہے۔"

"ہت تیرے کی!" انجم نے جُھنجھلا کر اپنے ماتھے پر زور سے ہاتھ مارا۔

"اور دیکھیے ابا جی!" ثروت نے خوشی سے چلّاتے ہُوئے کہا "اِس کے ہاتھ میں فرائی پین ہے، یہ خیمے سے نکال کر لے آیا ہوگا اور اب اِسے بجا رہا ہے ـــــ"

"تو اِس کا مطلب یہ ہے کہ ہم بے کار ہی پریشان ہُوئے۔" انجم نے مُنہ بنا لیا۔

اسلم صاحب مُسکرا رہے تھے اور ساتھ ہی امّی بھی ہنس رہی تھیں۔

"دیکھو بیٹا! اصل میں خوف ہمارا سب سے بڑا دُشمن ہے۔" اسلم صاحب نے کہا "اگر تمھیں خوف زدہ ہونے کی عادت ہے تو تم ہر وقت ڈر سکتے ہو۔ لیکن اگر تمہارا دل طاقت ور ہے اور تم معمولی باتوں پر دھیان نہ دینے کے عادی ہو تو خواہ زلزلہ ہی آ جائے، تم اپنی جگہ سے نہیں ہل سکتے۔ یہ بات ہمیشہ یاد رکھنا۔"

پُوری رات لنگور کا بچّہ اُن دونوں ہی کے

پاس رہا۔ اب وہ اِس قدر ہِل چکا تھا کہ جو کچھ وہ کہتے وُہی کرتا۔ سُورج نکلنے کے بعد اُس نے جلدی سے انجم کا ہیٹ اُٹھا کر اپنے سر پر رکھ لیا اور پھر قلانچیں بھرتا ہُوا ایک درخت پر چڑھ گیا۔ انجم اور ثروت نیچے کھڑے ہُوئے اُسے ڈانٹتے رہے۔ پھر اُنھوں نے محبّت سے کام لیا اور خوشامد شروع کی۔ تب کہیں جا کر اِتنا ہُوا کہ لنگور نیچے آ گیا اور پھر اُنھیں پریشان کرنے کے لیے اُن کے آگے آگے بھاگنے لگا۔

اُونچی نیچی چٹانوں کو پھلانگتے، گڑھوں کو عبُور کرتے وہ دونوں آگے ہی آگے بھاگے جا رہے تھے۔ ثروت نے انجم کو منع بھی کیا کہ جھونپڑی سے اِتنی دُور آجانا اچھا نہیں ہے۔ مگر وہ انجم ہی کیا جو کِسی کی بات مان لے۔ سُنی اَن سُنی کر کے وہ لنگور کے بچّے کے پیچھے دوڑتا ہی رہا۔ آخر اُس وقت تھما جب وہ شریر پاس کے ایک درخت پر چڑھ گیا۔ انجم تو خیر اُسے نیچے ہی سے گھُونسے دکھاتا رہا مگر ثروت اس کی حرکتیں بڑی دِل چسپی سے دیکھ رہی تھی لنگور کا بچّہ بار بار درخت کی اُونچی شاخیں ہِلا رہا

تھا اور ساتھ ہی ایک گھونسلے میں سے کچھ اُٹھا کر کھاتا بھی جاتا تھا۔ ثروت کو پرندوں کے انڈے جمع کرنے کا بہت شوق تھا۔ اُس نے سوچا ہو سکتا ہے گھونسلے میں کسی خاص پرندے کے انڈے مل جائیں اور درخت پر چڑھنے کے بعد جمّی بھیّا کا ہیٹ بھی ہاتھ آجائے۔

یہ سوچ کر اُس نے درخت پر چڑھنے کا فیصلہ کر لیا۔ انجم کو اُسی جگہ کھڑے رہنے کی ہدایت کرکے وہ بڑی احتیاط اور ہوشیاری کے ساتھ درخت پر چڑھنے لگی۔ لنگُور خاموشی سے اُسے اُوپر آتے ہُوئے دیکھتا رہا۔ جب ثروت اُس گدّے پر پہنچ گئی جہاں گھونسلا تھا تو لنگُور اُچھل کر اُس سے لپٹ گیا اور خُوں خُوں کرنے لگا۔

"ارے رے۔۔!" ثروت ہنستی ہُوئی بولی "تم تو میرے پکّے دوست ہی بن گئے۔ واہ وا۔ شاباش لاؤ اب جمّی بھیّا کا ہیٹ دے دو۔ ورنہ وہ تمہیں اچھّی اچھّی چیزیں کھانے کو نہیں دیں گے۔"

لنگُور اشارہ سمجھ گیا اور جب ثروت نے اُس کے سر پہ سے ہیٹ اُتار کر انجم کی طرف پھینکا

اس نے ذرا بھی آنا کانی نہیں کی۔ محبت انسان کے پاس ایک ایسا ہتھیار ہے جس کی بدولت وہ مُنہ زور جانوروں کو بھی زیر کر سکتا ہے۔ ثروت لنگور کے بچّے کے ساتھ محبت کے ساتھ پیش آتی تھی اِس لیے اب وہ اُس کا دوست بن چُکا تھا۔

ثروت جب ہیٹ پھینک رہی تھی تو اُس نے دیکھا کہ امّی ابا اور نعیم اُن دونوں کو ڈھونڈتے ہُوئے اُسی طرف آ رہے ہیں۔ ثروت نے اُنھیں دیکھ کر آواز دی اور چیخ کر بتایا کہ وہ دونوں کہاں ہیں۔ اُس کی آواز سُن کر اسلم صاحب جلد ہی وہاں آگئے اور پھر ثروت سے نیچے اُترنے کے لیے کہنے لگے۔

"آتی ہُوں ابا جی۔ ابھی آتی ہُوں۔"

ثروت یہ کہہ کر جیسے ہی نیچے اُترنے کے لیے مُڑی، اُس کی نظر گھونسلے پر پڑی جسے وہ اُوپر آتے ہی بھول گئی تھی۔ انڈوں کے شوق میں جب اُس نے گھونسلے کی طرف ہاتھ بڑھایا تو یہ دیکھ کر حیران رہ گئی کہ گھونسلے میں تنکوں کے علاوہ کپڑوں کی دھجیاں، نب والا قلم، ایک دو سکّے اور کچھ ہڈّیاں پڑی ہیں۔ مگر سب سے

زیادہ حیران کر دینے والی بات یہ تھی کہ ہڈیوں کے بالکل اُوپر ایک بہت ہی خوبصورت سا لکڑی کا ڈبا بھی رکھا ہوا تھا، جس پر تانبے اور چاندی کے پتروں سے بیل بوٹے بنے ہوئے تھے۔

۲۰۰ سال پُرانی ڈائری

ثروت کی آنکھیں تعجّب سے پھیل گئیں۔ اُس نے ڈبّا ہاتھ میں لے کر دیکھا اور پھر چلّائی :

" ابّا جی۔ یہاں اس گھونسلے میں سے یہ ڈبّا ملا ہے۔ لے آؤں ؟ "

" ڈبّا ! " اسلم صاحب نے حیرت سے کہا۔ " کیسا ڈبّا ؟ "

" ایک خوب صورت سا چاندی کا ڈبّا "

" لے آؤ۔ جلدی لے آؤ۔ اِس میں ضرور کوئی خزانہ ہوگا " انجم نے بے صبری سے کہا۔

اور ثروت جب وہ ڈبّا لے کر نیچے آ گئی تو اسلم صاحب نے اُسے کھولا۔ ڈبّا پُرانا ہونے کی وجہ سے بڑی مشکل سے کُھلا۔ مگر اُسے دیکھتے ہی انجم کی اُمیدوں پر اوس پڑ گئی۔ نعیم خاموشی سے

خالی ڈبّے کو دیکھتا رہا مگر جب اسلم صاحب نے اُس کے اندر ہاتھ ڈال کر ایک کتاب نکالی تو نعیم سے نہ رہا گیا:

"توقع کے خلاف خزانہ تو برآمد نہ ہُوا لیکن اَغلب ہے کہ اِس کتاب کے اندر سے کچھ رازہائے سربستہ مُنکشِف ہو جائیں۔"

امّی نے اُس کی یہ بات سُن کر بُرا سا مُنہ بنایا اب وہ بھی نعیم کی اِن باتوں سے اُکتا گئی تھیں۔ تین فُٹ کا چھوکرا اور باتیں بُزرگوں کی سی۔ اُسے صرف اتنا کہنا تھا کہ ڈبّے میں سے خزانہ تو نہیں نِکلا لیکن ہوسکتا ہے کہ کتاب سے کوئی راز کُھلے۔ بھلا اِتنی سی بات کو اِتنا گُھما پھرا کر کہنے کی کیا ضرُورت تھی۔

مگر یہ بات صرف امّی نے سوچی تھی۔ باقی سب تو بے تابی سے وہ چھوٹی سی ڈائری دیکھ رہے تھے جو اب اسلم صاحب کے ہاتھ میں تھی اور وہ اُسے کھول کر پڑھ رہے تھے۔ جُوں جُوں وہ صفحات پلٹتے جاتے اُسی قدر اُن کی خُوشی بڑھتی جاتی۔ جب اُنھوں نے ڈائری بند کر لی تو

سب نے دیکھا کہ اُن کا چہرہ خوشی کے مارے جگمگا رہا تھا۔ اور شاید یہ خوشی کی زیادتی ہی تھی کہ وہ کھڑے نہ رہ سکے اور جلدی سے ایک چھوٹی سی چٹان پر بیٹھ گئے۔

"کیا کوئی خاص بات ہے؟" امّی نے پوچھا۔

"ہاں۔ یہاں اس جزیرے میں خزانہ ہے۔ بہت بڑا خزانہ!" خوشی کے مارے اُن کے مُنہ سے آواز بھی نہیں نکل رہی تھی۔

"خزانہ——!" انجم، ثروت اور نعیم تینوں ہی ایک ساتھ چلّائے——

"ہاں بھئی خزانہ——" اسلم صاحب نے اب خُود پر قابُو پالیا تھا۔ "یہ ڈائری کیپٹن سلوَر کی ہے۔ آج سے تقریباً دو سو سال پہلے اُس نے جنوری کے مہینے میں یہ ڈائری ختم کی تھی اور پھر اِسے ایک ڈبّے میں بند کر کے کہیں رکھ دیا ہو گا۔ بعد میں کسی نہ کسی طرح یہ اُس گھونسلے میں پہنچ گئی ہو گی۔ ہو سکتا ہے کہ تمھارا یہ لنگور ہی اُسے کسی جگہ سے نکال لایا ہو اور پھر اِسے گھونسلے کے اندر رکھ دیا ہو۔ لنگور اپنا گھونسلا تو بناتے نہیں

ہیں، ضرور یہ کسی پرندے کا گھونسلا ہوگا جس کے انڈے کھانے کے بعد لنگور صاحب نے اس پر قبضہ جما لیا. اور ساتھ ہی ڈبّا بھی وہاں لا کر رکھ دیا ___ مگر بھئی ہم اس بحث میں کیوں پڑیں کہ ڈبّا وہاں کس طرح پہنچا؟ ہمیں تو یہ سوچنا ہے کہ کیا ڈائری میں لکھی ہوئی باتیں درست بھی ہیں یا نہیں؟"

یہ کہہ کر اسلم صاحب نے ڈائری دوبارہ کھولی اور اس کے وہ صفحات بُلند آواز سے پڑھنے لگے جن میں کیپٹن سلوَر نے کالے جزیرے میں دفن کسی خزانے کا تذکرہ کیا تھا:

۴ر جنوری ۱۷۷۰ء

آج صبح ہی سے زبردست طوفان آیا ہُوا ہے۔ میرے ساتھی ملّاح بہت پریشان ہیں۔ تجارت کے جس سامان کو ساتھ لے کر میں ہندوستان جا رہا ہُوں، مجھے ڈر ہے کہ وہ کہیں ہم لوگوں کے ساتھ ہی سمندر میں غرق نہ ہو جائے۔ یہ سامان درحقیقت بہت بڑا خزانہ ہے۔ ہیرے جواہرات اور

سونے کے لاتعداد برتن ایک بہت بڑے
صندوق میں بند ہیں۔ یہ سامان ہندوستان
کے بادشاہ کے ہاتھ فروخت کرنے کے
لیے میں اپنے ساتھیوں کے ساتھ جارہا ہوں

۵ر جنوری ۱۷۷۰ء

طوفان رات بھر جاری رہا۔ میں خود بھی
بہت عاجز آگیا ہوں۔ سمندر کی طوفانی
لہریں میرے جہاز کو دھکیل کر قریب کے
جزیرے میں لے جا رہی ہیں۔ میں نے
اپنے تاجر دوستوں سے سُن رکھا ہے کہ یہ
جزیرہ کالا جزیرہ کہلاتا ہے اور یہاں ایک
جنگلی قوم مامبا رہتی ہے۔ ہُوا کرے، مجھے
اپنے ہتھیاروں پر پُورا بھروسا ہے۔

6ر جنوری ۱۷۷۰ء

کل رات ایک بجے میرا جہاز جزیرے کی
چٹانوں سے ٹکرا گیا تھا۔ خُدا کا شکر ہے کہ
سامان تجارت محفوظ ہے۔ پورے دن ہماری
مامبا قوم سے جنگ ہوتی رہی۔ یہ لوگ بالکل
کالے ہیں اور ننگ دھڑنگ رہتے ہیں۔

اِن کا ہتھیار صرف نیزہ ہے۔ نیزہ پھینکنے میں اِن کی مہارت کا جواب نہیں۔اِن کے خوف ناک نیزوں سے ہمارا بھاری جانی نقصان ہُوا ہے۔

۷رجنوری ۱۷۷۰ء

میرے خدا۔ صرف میں ہی اپنے ساتھیوں میں سے اکیلا بچا ہوں۔ میں زخمی بھی ہوں۔ ہوسکتا ہے کہ مر ہی جاؤں۔ مگر جیتے جی میں مامبا لوگوں کے ہاتھ نہ آؤں گا۔ ہوسکتا ہے وہ میرا خزانہ حاصل کرنا چاہیں مگر وہ ایسا اِس لیے نہ کرسکیں گے کہ خزانہ میں نے گزشتہ رات ایک مقام پر چھپا دیا ہے۔ صرف وُہی اِسے پا سکتے ہیں جو مرچیا پر لکھی ہوئی میری تحریر پڑھ لیں"...

ثروت سانس روکے ہُوئے اسلم صاحب کی باتیں سُن رہی تھی اور جب اُنھوں نے ڈائری پڑھ لی تو اُس نے اطمینان کا سانس لیا——"بس ڈائری یہاں آ کر ختم ہو جاتی ہے"۔ اسلم صاحب نے کہا پھر امی نے پوچھا:

"تو اس کا مطلب یہی ہُوا کہ کیپٹن سلور ۷رجنوری ۱۷۷۰ء تک زندہ رہا"۔

"ہاں۔ اِس سے یہی مطلب نکالا جا سکتا ہے"۔

"لیکن اب سوال یہ اٹھتا ہے کہ یہ مریجا کیا چیز ہے اور کہاں ہے؟" انجم نے دریافت کیا۔
"اس کا جواب میں دے سکتی ہوں۔" ثروت نے کچھ سوچتے ہوئے کہا۔ "مریجا نام کی چیز اُس مقام کے قریب ہی ہو گی جہاں کیپٹن سلوَر نے جنگلی باشندوں سے جنگ لڑی تھی کیوں کہ زخمی حالت میں کیپٹن سلوَر ساحل سے بہت دُور اندر کی طرف ہرگز نہیں جا سکتا تھا۔"
"واہ وا" اسلم صاحب نے ثروت کو تعریفی نظروں سے دیکھتے ہوئے کہا "تم تو بیٹی بڑی اچھی سُراغرساں ثابت ہوئیں۔"
"قانونِ قدرت ہے کہ مُصیبت کے وقت خدا کی مدد انسان پر سایہ فگن ہوتی ہے۔" نعیم نے کہا۔
"کیا بات ہُوئی؟" اسلم صاحب نے مُسکراتے ہُوئے پُوچھا۔
"اوہو اباجی! ـــــ اس بُقراط کا مطلب یہ ہے کہ مُصیبت کے وقت خُدا اپنے بندوں کی مدد کرتا ہے۔" انجم نے جل کر کہا ـــــ "کیوں نعیم، یہی کہنا چاہتے تھے نا؟"

"تم نے صحیح مطلب اخذ کیا۔ بنیادی طور پر۔"

"دیکھو میاں نعیم! خدا کے لیے آسان زبان بولا کرو۔ مجھے اُلجھن ہونے لگتی ہے۔" امّی چڑکر بولیں

"بھئی بات مرچیا کی ہو رہی تھی۔" اسلم صاحب نے گفتگو کا رُخ موڑا۔

"ثردٹھیک ہی کہہ رہی ہے اباجی۔" انجم نے کہا۔" ضرور یہی ہُوا ہوگا۔ اگر ہمیں کسی طرح یہ پتا لگ جائے کہ کیپٹن سلوَر آج سے دو سو سال پہلے جزیرے کے کون سے مقام پر اُترا تھا اور کس ساحل پر اُس کا جہاز ڈوبا تھا تو یہ مسئلہ بھی آسانی سے حل ہو سکتا ہے"

"یہ تو ہم بعد میں سوچیں گے۔ مگر بیٹے میں ایک اور مسئلے پر غور کر رہا ہوں۔"

"کون سا مسئلہ اباجی؟"

"جھونپڑی کا مسئلہ۔" انھوں نے کہا۔"جیسا کہ تمہیں معلوم ہے چنبیلی صابن والوں نے کہا تھا کہ کالے جزیرے پر کمپنی کی طرف سے ایک خوب صورت جھونپڑی بنا دی گئی ہے اور اس میں اِتنا سامان رکھ دیا گیا ہے جو چھ مہینے کے لیے کافی ہے۔ مگر

یہاں آ کر نہ تو ہم نے جھونپڑی دیکھی، اور نہ کھانے پینے کا سامان ہی ملا۔"

"ایسا تو نہیں اباجی کہ ہم جزیرے کے کسی اور حصّے میں اُتر گئے ہوں۔" انجم نے پوچھا۔

"اور کمپنی والوں کی طرف سے بنائی گئی جھونپڑی جزیرے کے کسی اور حصّے میں ہو۔" ثروت نے خیال ظاہر کیا۔

"یہ بھی قرینِ قیاس ہے کہ وہ مقام کسی دُوسرے ساحل کے گرد و نواح میں ہو۔" نعیم جلدی سے بولا۔

امّی نے ناک بھوں چڑھا کر نعیم کو دیکھا مگر اس نے جلدی سے نگاہیں چُرا لیں۔ اسلم صاحب ابھی تک اُسی خیال میں غرق تھے اس لیے اُنھوں نے نعیم کی بات پر توجہ نہ دی۔ ہاں نعیم نے جو کہا تھا وہ اس کا مطلب اچھی طرح سمجھ گئے تھے۔ وہ سوچ رہے تھے کہ نعیم کا خیال دُرست ہے ہم لوگ جب سے یہاں آئے ہیں ایک ہی مقام پر جم کر بیٹھ گئے ہیں۔ ہمیں چاہیے کہ جزیرے کا پُورا چکر بھی لگائیں۔

ڈوبا ہوا سامان

جب اسلم صاحب نے اپنا یہ خیال امّی پر ظاہر کیا تو وہ بہت خوش ہوئیں اور بولیں:

"بس تو ہم ابھی پورے جزیرے کو چھان لیتے ہیں ---"

"یہ کام اِتنا آسان نہیں ہے جتنا تم سمجھ رہی ہو۔" اسلم صاحب نے کہا" مانا کہ جزیرہ بہت بڑا نہیں ہے لیکن اونچی نیچی چٹانوں کو پھلانگتے ہوئے اِس سِرے سے اُس سرے تک جانا اور پھر جنوب سے شمال اور مشرق سے مغرب کا چکر لگانا بہت مُشکل اور تھکا دینے والا کام ہے۔ میرا خیال ہے کہ چھوٹے چھوٹے درختوں کے تنوں کو کاٹ کر ہم ایک رافٹ (RAFT) بنالیں۔"

"رافٹ کیا ہوتا ہے ابا جی؟" ثروت نے پوچھا۔

"لکڑی کے تنوں کو رسّی یا کیلوں سے جوڑ کر ایک بڑا سا تختہ بنالیا جاتا ہے۔ اسے رافٹ کہتے ہیں۔ جب یہ رافٹ سمندر یا دریا میں ڈالا جاتا ہے تو وہ ڈوبنے نہیں پاتا۔"

"یہ تو ایک طرح کی کشتی ہوئی۔" انجم نے کہا۔

"کشتی اور رافٹ میں فرق ہے۔" اسلم صاحب نے کہنا شروع کیا۔ "کشتی اُونچی ہوتی ہے اور اس کے اندر سمندر کا پانی نہیں آ سکتا لیکن رافٹ سطح سمندر سے صرف دس بارہ انچ ہی اُونچا ہوتا ہے۔"

"یعنی اتنا ہی جتنا کہ گدّے کی موٹائی۔" ثروت جلدی سے بولی۔

"بالکل۔ اور چوں کہ ہر تنے کے درمیان تھوڑا سا فاصلہ ہوتا ہے اس لیے پانی تنوں سے اُوپر آ تو بے شک جاتا ہے مگر رافٹ ڈوب نہیں سکتا۔ لکڑی ہی لکڑی ہوتی ہے نا اور لکڑی پانی میں ڈوبتی نہیں۔"

انجم اور ثروت نے اس طرح سر ہلایا جیسے وہ سمجھ گئے ہیں۔ اسلم صاحب پھر کہنے لگے:

"بس تو ہم رافٹ بنا کر اُس پر بیٹھ جائیں گے اور پھر اُسے لمبے لمبے بانسوں یا چپّوؤں سے کھیتے ہُوئے جزیرے کا پُورا چکر لگا لیں گے۔"

"میں رافٹ پر ایک بانس گاڑ کر اُس میں چادر باندھ دُوں گا اور یُوں ایک بادبانی کشتی بن جائے گی۔ انجم نے خوشی سے تالیاں بجاتے ہُوئے کہا۔

امّی کو بھی یہ بات پسند آئی اور پھر وہ سب خیمے کی طرف واپس آ گئے۔ ثروت کے کندھوں پر لنگُور کا بچّہ ابھی تک سوار تھا۔ راستے میں ثروت کہنے لگی:

"جمی بھیّا! اس کا نام کیا رکھّوں؟"

"اس کا نام نعیم رکھ دو۔ ہمارا نعیم بھی تو ایسا ہی ہے۔" انجم نے شرارت سے نعیم کو دیکھتے ہوئے کہا۔ نعیم یہ سُن کر تِنک گیا اور اسلم صاحب سے شکایت کرتے ہُوئے کہنے لگا:

"دیکھیے چچا جان اِن کی عاقبت نا اندیشی —— اپنے طنز و مزاح کے لیے مجھے ہی تختۂ مشق بنا رہے ہیں۔"

"ثروَت —" انجم نے سُنی اَن سُنی کر کے کہا:

"تم فیروز اللّغات ساتھ لائی ہو؟"

"نہیں تو جی بھیّا!" ثروت نے حیرت سے مُنہ کھول لیا۔

"افسوس! پھر کس طرح اِن علّامہ صاحب کی بات سمجھیں گے؟"

"بھئی نیم کا مطلب ہے کہ تم اُسی سے مذاق نہ کیا کرو۔" اسلم صاحب بھی مُسکرا رہے تھے۔

"تم بیچ میں کہاں سے آ کُودے۔ ثروت نے نیم کو ہاتھ سے پیچھے ہٹاتے ہوئے کہا" میں اس لنگور کا نام رکھنے کی سوچ رہی ہوں۔"

"نام — ہاں نام —" انجم سوچنے لگا" میرے خیال میں اس کا، نام گُڈّو ٹھیک رہے گا۔"

"ہاں نام تو اچھا ہے۔" امّی نے جواب دیا۔

"آہاہا۔ بڑا اچھا نام ہے۔" ثروت تالیاں بجانے لگ گئی۔

واپس آجانے کے بعد اسلم صاحب قریب کے چھوٹے چھوٹے درخت کلہاڑی سے کاٹنے لگے۔ جب بیس درخت کٹ گئے تو چاقوؤں سے انھیں صاف کیا گیا اور پھر رسّی سے ایک جگہ جوڑ کر باندھ دیا گیا اب یہ بارہ فٹ مُربع ایک پلیٹ فارم بن گیا۔ اس

پلیٹ فارم کو سب نے مل کر سمندر میں ڈال دیا۔ اور پھر اسلم صاحب نے ایک مستول بیچ میں گاڑ دیا اس کے بعد رسّی کے ذریعے اِس مستول میں ایک موٹی سی چادر باندھ دی۔ چند ہتھیار بھی ساتھ لے لیے گئے تاکہ آڑے وقت میں کام آئیں۔

سہ پہر کے تین بجے وہ سب اپنے اِس انوکھے سفر پر روانہ ہو گئے۔ انجم اور ثروت کو تو یوں لگ رہا تھا جیسے وہ کوئی خواب دیکھ رہے ہوں۔ نعیم کی بھی باچھیں کِھلی جا رہی تھیں۔ امّی نعیم کی لمبی چوڑی باتوں سے اُکتا چکی تھیں لیکن وہ اِتنا ضرور مانتی تھیں کہ لڑکا ہے عقل مند!

اسلم صاحب کو توقع تھی کہ وہ جگہ ضرور ڈھونڈ لیں گے، جہاں ڈائری کے مطابق کیپٹن سِلوَر آ کر اُترا تھا۔ اُنھیں یقین تھا کہ دو سو سال گزر جانے کے بعد بھی کوئی نہ کوئی نشان وہاں باقی رہ گیا ہوگا۔

سمندر کے کنارے کا پانی اِتنا صاف شفاف تھا کہ بعض دفعہ تو انجم اور ثروت کو نیچے تہہ میں پڑے ہوئے بڑے بڑے پتھر تک نظر آ گئے۔ رنگ برنگی اور عجیب و غریب مچھلیاں اِس پانی میں

بالکل صاف نظر آتی تھیں۔ انجم کو تو یہ بالکل نیا کھیل ہاتھ لگ گیا۔ وہ گھٹنوں کے بل رافٹ پر بیٹھ گیا اور داہنے ہاتھ سے آنکھوں پر چھجا بنا کر سمندر کی تہہ کو گھور گھور کر دیکھنے لگا۔ کبھی کوئی بڑی سی مچھلی سانس لینے کی خاطر سطح سے اوپر آجاتی تو وہ ڈر کر اپنا چہرہ اونچا کر لیتا، ورنہ کوشش اُس کی یہی تھی کہ مُنہ پانی سے اِتنا قریب آجائے کہ ناک تک اُس میں ڈوب جائے۔

ثروت چپّو چلانے میں اسلم صاحب کی مدد کر رہی تھی۔ امّی اور نعیم نے دُوسرا چپّو سنبھال رکھا تھا۔ رافٹ آہستہ آہستہ ہچکولے لیتی سمندر میں چٹانوں کے ساتھ ساتھ بڑھ رہی تھی۔ کافی دُور آ جانے کے بعد بھی اُنھیں ایسی کوئی جگہ دکھائی نہیں دی جہاں اسلم صاحب کے خیال کے مطابق کیپٹن سلوَر نے ڈیرا جمایا تھا۔ امّی اور اسلم صاحب جزیرے کے اندر اُچک اُچک کر یہ بھی دیکھنے کی کوشش کر رہے تھے کہ کمپنی والوں نے وعدے کے مُطابق کوئی جھونپڑی وہاں بنوائی بھی تھی یا نہیں؟

نہ تو جھونپڑی نظر آئی اور نہ کیپٹن سلوَر والی

جگہ۔ اسلم صاحب نااُمیّد ہو چکے تھے کہ اچانک انجم کو کوئی چیز نظر آئی اور وہ بُری طرح چلّایا :

"روکیے ـــــ ابا جی۔ روکیے ـــــ پانی کے نیچے کچھ سامان پڑا ہے۔"

نعیم اور اسلم صاحب نے دو لمبے لمبے بانس فوراً گیلی ریت میں گاڑ دیے، اور رافٹ ایسے رُک گئی جیسے کہ اُس میں کسی نے بریک لگا دیے ہوں۔ اِس کے بعد سب نے پانی کے اندر جھانکنا شروع کیا۔ پانی چُونکہ صاف شفّاف تھا اِس لیے سامان تو بے شک نظر آ رہا تھا مگر لہروں کی وجہ سے ہلتا ہُوا دکھائی دے رہا تھا۔

سب کی باچھیں کِھل گئیں۔ اسلم صاحب نے اندازہ لگا لیا کہ سامان بہت زیادہ گہرائی میں نہیں ہے۔ بس مشکل سے یہی کوئی تیس فٹ کی گہرائی میں ہو گا۔ اُنھیں یقین ہو گیا کہ یہی سامان کیپٹن ہلوَر کا ہے اور ممکن ہے یہی وہ خزانہ ہو جو اُس نے جنگلیوں کے ڈر سے پانی میں پھینک دیا تھا۔ مگر سوال یہ تھا کہ کیا دو سَو سال کے بعد بھی وہ سامان اچھی حالت میں مل سکتا ہے؟

اِس کا جواب تو اُسی وقت مل سکتا تھا جب کہ
کوئی نیچے جا کر سامان نکال کر لاتا۔ انجم اور نعیم بہت
اچھے تیراک تھے لیکن اسلم صاحب کی موجودگی میں
وہ ہمت نہیں کر سکتے تھے کہ پانی میں غوطہ لگا جائیں
اُدھر اسلم صاحب نے اِتنی ہی دیر میں یہ فیصلہ کر لیا
تھا کہ وہ خود غوطہ ماریں گے اور پانی میں سے وہ
سامان نکال لائیں گے۔

"دیکھو انجم!" اُنھوں نے کہا " میں رسّی لے کر نیچے
جاتا ہوں اور اُس سے سامان کو باندھ دیتا ہوں۔
جب میں رسّی ہلا کر اِشارہ کروں تو تم سب مل
کر سامان اُوپر کھینچ لینا۔ ٹھیک ہے ؟"

"ٹھیک تو ہے اباجی. مگر آپ اِتنی دیر پانی کے
اندر کس طرح ٹھہرے رہیں گے ؟"

انجم نے صحیح بات سوچی تھی۔ اسلم صاحب نے
دل ہی دل میں اُس کی تعریف کی اور پھر بولے :

"ٹھیک ہے بیٹے۔ اچھا میں سامان باندھ کر اُوپر
آجایا کروں گا اور پھر تمہارے ساتھ مل کر اُسے کھینچ
لیا کروں گا۔"

اب اسلم صاحب نے غوطہ لگانے کی تیاری کی۔

انھوں نے قمیص اُتار دی۔ پنجوں کے بل کھڑے ہو کر ایک لمبا سانس لیا۔ ہاتھوں کو آگے بڑھایا اور پھر اللہ کا نام لے کر سمندر میں کُود پڑے۔

گہرے سبز رنگ کی پانی کی چادر ہر سمت چھائی ہُوئی تھی۔ اسلم صاحب پانی کو چیرتے ہُوئے گہرائی کی طرف چلے۔ اُنھیں جلد ہی وہ سامان نظر آ گیا۔ لکڑی کی دس پندرہ بڑی بڑی پیٹیاں تھیں۔ اُنھوں نے فوراً ایک پیٹی کو رسّی سے باندھا اور رسّی ہلا کر انجم کو اشارہ کیا کہ وہ سب مل کر پیٹی اُوپر کھینچنے کی کوششیں کریں۔

اتنی سی دیر میں اُن کا سانس پھُول گیا تھا، اِس لیے وہ فوراً ہی سطح پر آ گئے۔ پہلے اُنھوں نے سانس لیا اور پھر رافٹ پر چڑھ کر رسّی کھینچنے لگے سب نے مل کر زور لگایا تھا اس لیے پیٹی کچھ ہی دیر بعد اُوپر آ گئی۔ اسلم صاحب پھر پانی میں کُود پڑے اور اُنھوں نے لکڑی کی پیٹی کو اُوپر اُٹھانے میں سہارا دیا۔

جب وہ دوبارہ رافٹ پر آنے کے بعد پیٹی کھول رہے تھے تو اچانک اُن کی نظر لکڑی کے تختے پر

لکھی ہُوئی ایک تحریر پر پڑی۔ جو کچھ لکھا تھا اُسے پڑھتے ہی وہ بھونچکے رہ گئے۔ ان کی پیشانی پر سلوٹیں پڑ گیئں اور پھر اُن کی طرح دُوسرے بھی حیرت اور تعجب سے ایک دُوسرے کو دیکھنے لگے۔

پیٹی پر لکھا تھا۔ "چنبیلی سوپ کمپنی۔"

نامعلوم دشمن

اصل میں وہ پیٹیاں چنبیلی صابن کمپنی والوں کی تھیں ـــــ مگر وہ یہاں سمندر میں کس لیے غرق ہوگئیں؟

اسلم صاحب نے جب یہ سوال امی سے کیا تو وہ بولیں :

"سمجھ میں نہیں آتا کیا قصہ ہے ـــــ میں تو سمجھی تھی کہ کیپٹن سلور کا سامان ہوگا۔"

حالات نہایت نامساعد اور ناقابلِ فہم ہوتے جا رہے ہیں۔" نعیم نے پھر ڈکشنری کھول دی۔

"نعیم تم کبھی تو اپنی چونچ بند رکھا کرو۔" انجم نے جھنجھلا کر اُسے ڈانٹا۔

اسلم صاحب کچھ سوچ رہے تھے۔ نعیم کی بات سُن کر اچانک چونک کر بولے :

"تم درست کہہ رہے ہو۔ حالات واقعی حیرت انگیز

اور سمجھ میں نہ آنے والے ہوتے جا رہے ہیں۔ مگر اس کا مطلب کیا ہے ــــ یہ پیٹیاں ....؟"

"میں بتاؤں اباجی؟" ثروت نے جلدی سے کہا۔

"ہاں، بتاؤ۔"

"یہ حرکت ہمارے کسی دُشمن کی ہے۔"

"دُشمن! ــــ مگر ہمارا تو کوئی دُشمن نہیں ہے۔"

"اگر دُشمن نہیں تو پھر یہ حرکت کس نے کی ہے؟۔ اباجی، میرا خیال ہے کہ کسی نے جان بُوجھ کر یہ کام کیا ہے۔"

انجم اپنے دانتوں سے نچلے ہونٹ کو کاٹتا ہُوا کچھ سوچ رہا تھا۔ فوراً ہی اُس کی آنکھیں چمک اُٹھیں اور اُس نے بے قراری سے کہا:

"مجھے یاد آرہا ہے۔ہاں اباجی، ضرور یہی بات ہے۔"

"کیا بات ہے؟" امّی نے پُوچھا۔

"جب ہم سفر پر روانہ ہو رہے تھے تو بندرگاہ پر میں نے ایک خوف ناک سے آدمی کو دیکھا تھا، جو ہمیں لگاتار گھورے جا رہا تھا۔"

"تم نے مجھے پہلے کیوں نہیں بتایا۔" اسلم صاحب نے گھبرا کر کہا۔

"میں نے تب اُس آدمی کو اتنی اہمیّت نہیں دی تھی مگر اب میں یہ سوچنے پر مجبُور ہوں کہ ثرو ٹھیک کہہ رہی ہے۔ ضرور ہمارا کوئی دُشمن ہے"

"جی ہاں ۔" ثروت نے جلدی سے کہا: "یا تو وہ ہمارے ساتھ ہی ہے یا پھر اُس نے ہم سے پہلے یہاں آکر کمپنی والوں کی دی ہُوئی چیزیں ساحل پر سے اُٹھا کر سمندر میں پھینک دی ہیں۔"

"بالکل یہی بات ہے۔" اسلم صاحب نے جوشیلی آواز میں کہا: "شاباش بیٹی! تم نے واقعی بہت کارآمد بات نوٹ کی ہے لیکن تمہارا یہ کہنا کہ دُشمن ہمارے ساتھ ہی ہے، کچھُ جچتا نہیں۔ ہم چاروں کے علاوہ صرف نعیم ہمارے ساتھ اور ہے اور اُس پر شُبہ کرنا بے معنی ہے۔"

"خیر نعیم پر تو ہم شُبہ نہیں کر رہے۔ لیکن ہمیں سوچنا ضرور پڑے گا کہ وہ آدمی ہے کون؟"

سب سر جوڑ کر بیٹھ گئے۔ اس عرصے میں اسلم صاحب نے رافٹ کو ساحل سے لگا دیا تھا اور اب وہ ریت میں پھنسی ہُوئی تھی۔ اپنے بارے میں سُن کر نعیم کے کان تو ضرور کھڑے ہُوئے تھے

لیکن جب شبہ اُس پر سے ٹل گیا تب اُس نے اطمینان کا سانس لیا۔ پھر بھی وہ پریشان ضرور دکھائی دیتا تھا۔

بہت دیر کے سوچ بچار کے بعد اسلم صاحب نے جو حل نکالا وہ تقریباً یہ تھا:

"جب وہ سب لوگ اِس کالے جزیرے کی طرف روانہ ہوئے تھے تو کوئی نامعلوم شخص یہ نہیں چاہتا تھا کہ وہ جزیرے میں جائیں۔۔۔وجہ ؟۔۔۔۔ بس یہی کہ جزیرے میں لازمی طور پر کوئی خزانہ موجود ہے (اور اب یہ بات کیپٹن ہلوُر والی ڈائری سے ثابت بھی ہوچکی ہے) وہ نامعلوم شخص اُن کی برابر نگرانی کرتا رہا۔ چنبیلی صابن والوں نے جو سامان جزیرے میں بھجوایا تھا، وہ اس شخص نے ان لوگوں کے جزیرے میں پہنچنے سے پہلے ہی سمندر میں پھینک دیا۔۔۔۔ کیوں ؟۔۔۔۔ اس لیے کہ یہ لوگ جزیرے میں کھانے پینے کی چیزوں کی کمی کے باعث زیادہ دن تک نہ ٹھہر سکیں۔ کمپنی والوں کی طرف سے بنائی ہوئی جھونپڑی بھی یقیناً جزیرے میں ضرور ہوگی اور ہوسکتا ہے کہ وہ اب اپنی اصلی حالت

میں نہ ہو۔ اس شخص نے جھونپڑی کو بھی برباد کر دیا ہوگا۔ اگر یہ سب باتیں ٹھیک ہیں تو پھر وہ نامعلوم دُشمن ہے کون ؟"

صرف ایک شخص پر شُبہ جاتا تھا اور وہ تھا ملّاح سُومار۔ مگر اسلم صاحب کا دل کہتا تھا کہ اتنا شریف اور ہنس مُکھ آدمی بھلا اُن کا دُشمن کس طرح ہو سکتا ہے۔ اِس کے علاوہ ایک آدمی اور تھا۔ یعنی وہ شخص جس نے چنبیلی صابن کمپنی کی طرف سے اسلم صاحب کو مبارک باد دی تھی اور بتایا تھا کہ اُن کے لیے کالے جزیرے میں ایک جھونپڑی اور تین مہینے تک کام آنے والا کھانے پینے کا سامان مُہیّا کیا جا رہا ہے۔ اِس آدمی ہی کو اُن کے سفر سے دل چسپی ہو سکتی تھی۔

جب اسلم صاحب نے اپنا یہ خیال سب کے سامنے ظاہر کیا تو انجم فوراً بولا :

"لیکن اباجی، اِن کے علاوہ بھی اور بہت سے لوگ ہو سکتے ہیں۔"

"کون سے لوگ ؟" اسلم صاحب نے حیرت سے پُوچھا

"ہمارے کالے جزیرے آنے والی خبر ہر اخبار میں

شائع ہُوئی تھی اور ہزاروں آدمیوں نے وہ خبر پڑھی ہو گی۔ ممکن ہے اُن میں سے کسی ایک کے لیے وہ خبر اہمیت والی ہو۔"

"اور اُسی نے ہمارے راستے میں یہ کانٹے بوئے ہوں۔" ثروت نے کہا۔

"تمھارے فہم و اِدراک کی داد نہ دینا بُخل ہوگا انجم" نعیم بولا۔

"یعنی اس کا مطلب یہ ہُوا کہ میری عقل مندی کی داد نہ دینا کنجوسی مانی جائے گی۔" انجم نے فوراً مطلب بیان کیا اور نعیم کو جھینپتے دیکھ کر قہقہہ لگانے لگا۔

"واقعی بیٹے، تم نے بہت پتے کی باتیں نوٹ کی ہیں۔" اسلم صاحب کا سینہ خوشی کے مارے پھُول گیا۔

"پھر تو ہمیں ہر قدم سوچ سمجھ کر اُٹھانا چاہیے۔" امّی بولیں۔

"ہاں۔ دُشمن تو بے شک ہیں مگر اب ہمیں اُن سے ٹکر لینے کے لیے بھی تیار رہنا چاہیے۔" ثروت نے کچھ سوچتے ہُوئے اور جزیرے کے اندر اُچک اُچک کر دیکھتے ہُوئے جواب دیا۔

کچھ ہی دیر بعد مُہم جُو انسانوں کا یہ چھوٹا سا قافلہ

جزیرے کے اندر احتیاط سے چل رہا تھا۔ اسلم صاحب کے ہاتھ میں ریوالور تھا اور وہ اِدھر اُدھر دیکھتے ہُوئے بڑھ رہے تھے۔ تیز ہواؤں کی وجہ سے پام کے درختوں کے پتّے آپس میں ٹکرا کر بڑا ڈراؤنا شور پیدا کر رہے تھے۔ کبھی کبھی لنگُوروں کے جوڑے ایک درخت سے دوسرے درخت پر چھلانگیں لگاتے ہوئے نظر آ جاتے تھے۔ اُن کے اس طرح کُودنے پر ہزاروں کی تعداد میں پرندے اُڑنے لگتے اور ان کی چیخوں سے پُورا جنگل گُونج اُٹھتا۔ انجم اور ثروت لاکھ نڈر سہی لیکن بعض دفعہ تو وہ بھی چونک کر جھاڑیوں میں دیکھنے لگتے کہ کہیں کوئی مصیبت تو نہیں آ رہی۔؟

نہ جانے کیا بات تھی، انجم کو رہ رہ کر یہی احساس ہو رہا تھا جیسے کچھ چھُپی ہُوئی آنکھیں اُنھیں دیکھ رہی ہوں۔ کبھی کبھار اُسے جھاڑیوں میں کوئی کالی سی چیز چمکتی ہُوئی دکھائی دیتی۔ پتّے اور لمبی لمبی ٹہنیاں ایک بار زور سے ہلتیں اور پھر کچھ نہیں۔ انجم کے ساتھ ہی اسلم صاحب بھی خطرے کی بُو سُونگھ رہے تھے۔ ایسا لگتا تھا گویا کوئی بہت بڑا طوفان آنے والا ہے۔!

اسلم صاحب سوچ رہے تھے کہ اُنھیں جنگل کے

اندر زیادہ دُور تک نہیں جانا چاہیے۔ وہ تو صرف جھونپڑی اور کیپٹن سِلوَر کی نشانیاں دیکھنے کے لیے آئے ہیں اور جلد سے جلد یہ چیزیں دیکھ کر اُنھیں یہاں سے چلے جانا چاہیے۔

تھوڑے فاصلے پر اُنھیں ایک صاف اور ہموار جگہ نظر آئی۔ قریب سے جا کر دیکھنے پر معلوم ہُوا کہ وہاں پر ابھی تک کچھ ایسا سامان پڑا ہُوا ہے جس سے ظاہر ہوتا ہے کہ اُس مقام پر کوئی جھونپڑی تھی۔ لیکن اگر جھونپڑی تھی تو آخر وہ گئی کہاں؟ نعیم اور انجم آس پاس پڑی ہُوئی ایسی چیزیں اکٹھی کرنے لگے جو اُن کے خیال میں جھونپڑی کی تھیں۔

اُن کے ساتھ اسلم صاحب، امّی اور ثروت بھی اِدھر اُدھر کچھ تلاش کرنے لگے۔ ایک دو مقامات پر ایسے گڑھے بھی نظر آئے جن سے اندازہ لگایا گیا کہ وہاں جھونپڑی کی بلّیاں گاڑی گئی ہوں گی۔

یہ ثبوت بہت پکّا تھا کہ جھونپڑی وہاں موجود تھی اور اُن لوگوں کے کسی دُشمن نے جان بُوجھ کر اُسے توڑ کر سمندر میں پھینک دیا تھا۔ اُنھیں یقین تھا کہ اگر سمندر کے چاروں طرف گھوم کر دیکھا جائے تو کسی نہ کسی مقام

پر جھونپڑی کے ٹوٹے ہوئے حصے ضرور ملیں گے۔ مگر اب اس دردِ سری کی کیا ضرورت تھی جب کہ یہ ثبوت ہی مل چکا تھا کہ کمپنی والوں نے وہاں جھونپڑی ضرور بنوائی تھی۔

لیکن اس سے بھی بڑا ایک عمدہ ثبوت انجمؔ کے پاس تھا۔ جس وقت سب لوگ اِدھر اُدھر دیکھتے پھر رہے تھے تو انجم کو زمین پر ایک چیز پڑی ہوئی نظر آئی اور اُس نے جلدی سے وہ چیز دُوسروں کی نظر بچا کر ہکر کی جیب میں رکھ لی۔

وہ دراصل ایک بٹن تھا اور انجم اچھی طرح جانتا تھا کہ وہ بٹن کِس کا ہے!

بُت بولتا ہے

انجم کو اب یہ معلوم ہو چکا تھا کہ اُن کا دُشمن کون ہے اور اُس نے یہ حرکت کس لیے کی ہے۔ کوئی اور لڑکا ہوتا تو جوش میں آ کر بٹن والا راز چیخ چیخ کر سب کو بتا دیتا۔ مگر انجم اپنی آنکھیں اور کان کھُلے رکھنے جانتا تھا۔ وہ دیکھ چکا تھا کہ کچھ سائے اُن کا تعاقب کرتے رہتے ہیں۔ کچھ آنکھیں اُنھیں گھورتی رہتی ہیں۔ اس لیے ایسے ہوشیار دُشمن کو ہوشیاری ہی سے زیر کیا جا سکتا ہے۔

انجم نے اِسی لیے اُس وقت یہ راز کسی کو نہیں بتایا۔ ہاں اُس نے یہ ضرور سوچ لیا تھا کہ جب ابا اور امی خیمے میں واپس چلیں گے تب انھیں یہ بات بتا دی جائے گی۔ اب اُس جگہ سے فوراً ہی واپس چلنا بہت ضروری تھا لہٰذا اُس نے اِس طرح کہا کہ کوئی

دُوسرا بھی سُن لے:

"چلیے اباجی، اب واپس چلیں۔ ہم لوگ بے کار یہاں وقت ضائع کر رہے ہیں۔"

"کیا کہہ رہے ہو؟" اسلم صاحب نے حیرت سے اُسے دیکھا۔ "یہ نشانات بتاتے ہیں کہ یہاں جھونپڑی تھی۔ اور...."

اسلم صاحب نے بات اَدھوری اِس لیے چھوڑ دی کہ انجم نے اُنھیں اشارے سے خاموش رہنے کو کہہ دیا تھا۔ ثروت اور امّی ابھی تک نہیں سمجھ سکی تھیں۔ ثروت نے کچھ کہنے کے لیے مُنہ کھولا ہی تھا کہ انجم نے کہا۔

"آئیے اب چلیں۔ پہلے ہم سمندر میں سے اپنا سامان نکالیں گے۔"

"ہاں، وہ سامان تو بے حد ضروری ہے۔" نعیم نے آسان اُردو بولنے کی کوشش کرتے ہُوئے کہنا شروع کیا۔ "اتنی تگ ودَو ـ لیعنی میرا مطلب ہے کہ بھاگ دَوڑ کے بعد شکم پُری کے کچھ لوازمات تو دستیاب ہُوئے یعنی میرا مطلب ہے کہ...."

"شاباش!" انجم نے اُس کی کمر ٹھونکتے ہوئے کہا

اُب تو مُشکل اَلفاظ کے معنی تُم خود ہی بتا دیتے ہو
تمہارا مطلب ہم سب سمجھ گئے۔ اِتنی بھاگ دوڑ
کے بعد پیٹ بھرنے کی چیزیں تو ملیں۔ یہی نا؟"
" ہاں ہاں ۔" نعیم نے جلدی سے گردن ہلا کر
جواب دیا۔

سب خاموش رہے مگر انجُم قہقہے لگانے لگا۔ دراصل
وہ چُھپے ہُوئے لوگوں کو یہ جتلانا چاہتا تھا کہ وہ لوگ بُزدل
نہیں ہیں اور کسی بھی طرح جزیرے سے ڈر کر نہیں بھاگیں گے۔
ابھی اُس کا قہقہہ ختم نہیں ہُوا تھا کہ کِسی نے اس
سے بھی بڑا اور بھیانک قہقہہ لگایا۔

بھیانک اور خوف ناک قہقہہ۔ بہت ہی تیز
اور گونج والا قہقہہ' اب ہر سمت سے سُنائی دے
رہا تھا۔ قہقہہ صرف ایک تھا مگر لگتا یُوں تھا کہ جزیرے
میں ہر طرف اور ہر سمت سے بس وہی ایک قہقہہ
سُنائی دے رہا ہے۔ ثروت اور نعیم جلدی سے امّی
اور اسلم صاحب کے پیچھے ہو گئے۔ انجم نڈر تھا مگر
اُس وقت وہ بھی سٹپٹا گیا۔ گھبرا کر اُس نے چاروں
طرف دیکھا مگر وہاں کوئی ہوتا تو دکھائی دیتا۔

اسلم صاحب ریوالور ہاتھ میں لیے ہر سمت پلٹ

پلٹ کر دیکھ رہے تھے۔ مگر اُنھیں بھی کوئی شخص نظر نہیں آیا۔ البتہ قہقہہ ابھی تک سُنائی دے رہا تھا۔وہ مدھم ہونے لگا اور آہستہ آہستہ بالکل ختم ہو گیا۔ اس کے بعد بھیانک آواز میں کسی نے کہا:

"یہاں سے اب کوئی نہیں جاسکتا۔ جو یہاں ایک بار آ گیا، واپس نہیں گیا۔"

"کون ہو تم؟ کہاں سے بول رہے ہو؟" اسلم صاحب نے چلّا کر پوچھا۔

"سامنے کیوں نہیں آتے؟" امّی بھی چیخ کر بولیں۔

"سامنے کس طرح آؤں جبکہ میرا کوئی جسم ہی نہیں ہے۔" آواز نے کہا۔ "میں دیوتا ہوں اور دیوتا دکھائی نہیں دیا کرتے۔"

"تم ہم سے کیا چاہتے ہو؟" اسلم صاحب نے دریافت کیا۔

"تم نے اس جزیرے پر قدم کیوں رکھا؟"

"کیوں؟ کیا یہ کوئی گناہ ہے؟"

"بالکل۔" آواز نے غصّے سے کہا: "یہ مُقدّس جزیرہ ہے۔ یہاں میں اور میرے پُجاری رہتے ہیں۔ تمہارے قدموں سے یہ جگہ ناپاک ہو گئی ہے۔"

"تمہارے پجاری کون ہیں؟" اسلم صاحب لگاتار سوال کیے جا رہے تھے۔

"ماما لوگ میرے پجاری ہیں اور وہ عن قریب تم لوگوں کو اِس کی سزا دیں گے۔"

انجم خاموشی سے وہ خوف ناک آواز سُن رہا تھا۔ اُس نے اندازہ لگانے کی کوشش کی کہ یہ آواز کس طرف سے آ رہی ہے۔ آواز کافی تیز تھی۔ اُس نے کچھ سوچے سمجھے بغیر اُسی سمت قدم بڑھا دیے۔ وہ اِتنی آہستگی سے غائب ہُوا کہ کسی کو علم ہی نہ ہو سکا۔

جنگل میں تقریباً پانچ سو گز اندر جانے کے بعد انجم نے محسوس کیا کہ آواز اب بہت قریب سے آ رہی ہے۔ بے خبری میں اُس وقت وہ یہ بھی بھول گیا کہ وہ نہتا ہے۔ بس کچھ نہ کچھ کرنے کے شوق میں وہ اُس آواز کی طرف کھنچتا ہی چلا گیا اور پھر جو کچھ اُس نے دیکھا، وہ اُس کی رُوح کو فنا کرنے کے لیے کافی تھا —— پچاس فٹ اُونچا پتھر کا ایک خوف ناک اور بد صورت بُت جنگل کے بیچ میں کھڑا تھا اور یہ آوازیں اُس کے مُنہ میں سے آ رہی تھیں۔

انجم کے وہاں پہنچتے ہی آوازیں بند ہوگئیں اور سنّاٹا چھا گیا۔
انجم اُسے دیکھنے کے شوق میں اور آگے بڑھا۔ مگر اُس کے آگے بڑھتے ہی اچانک بُت کے قدموں میں سے دُھواں نِکلا اور آسمان کی طرف جانے لگا۔ انجم گھبرا کر فوراً پیچھے ہٹا اور ایک جھاڑی کی اوٹ میں ہو کر بُت کو حیرت سے دیکھنے لگا۔
"چھُپنے کی ضرُورت نہیں لڑکے!" بُت کے مُنہ سے آواز آئی۔ "تو نے میرے مُقدّس گھر میں اپنے گندے پاؤں رکھے ہیں۔ اِس کی سزا تجھے ضرُور ملے گی۔ مگر ایک شرط پر ہم تجھے معاف بھی کر سکتے ہیں۔"
انجم کچھ دیر تک سوچتا رہا۔ پھر بولا "وہ کون سی شرط ہے؟"
"تو مجھے بتائے گا کہ تیرا اور تیرے خاندان کے لوگوں کا اس جگہ آنے کا مقصد کیا ہے؟"
"ہم لوگ جزیرے کی سیر کے لیے نکلے تھے۔"
"جھُوٹ مت بول۔ سیر پیدل بھی کی جا سکتی تھی۔ مگر لکڑی کے تختے جوڑ کر کشتی بنانے اور پھر اُسے سمندر کے کنارے چھپانے کی کیا ضرُورت تھی؟"

"ہم لوگ سمندر کی سیر کرنا چاہتے تھے۔"

"کیوں؟"

"ہمیں معلوم ہُوا تھا کہ ہمارے لیے کمپنی والوں نے ایک جھونپڑی اِس جگہ بنوا رکھی ہے اور وہاں سامان بھی رکھا ہُوا ہے ـــــ مگر یہاں آکر دیکھا کہ ـــــ"

"..... کہ وہ سب کچھ تباہ کر دیا گیا ہے۔" آواز نے یہ کہہ کر ایک بھیانک قہقہہ پھر لگایا۔ "ٹھیک ہے۔ کان کھول کر سُن کہ وہ ہم نے تباہ کیا ہے، یہ اِس لیے کہ تُم لوگ ہمارے مقدس گھر میں نہ رہ سکو۔ ہم تمہیں یہاں دیکھنا نہیں چاہتے۔"

"تو اِس کا مطلب یہ ہے کہ ہمیں یہاں سے جانا پڑے گا۔" انجم نے پوچھا۔

"ہاں، جانا پڑے گا۔ کیوں کہ یہ دیوتاؤں کا اِستھان ہے۔ یہاں کوئی آدمی نہیں رہ سکتا۔"

"ٹھیک ہے۔" انجم نے سر ہلا کر کہا۔

"تم سب آج ہی یہاں سے چلے جاؤ گے؟"

"ضرور چلے جائیں گے۔"

"اگر ہمارا کہا نہیں مانا تو نتیجہ بُھگتنے کے لیے تیار رہو۔"

وُہی بھیانک اور دل ہلا دینے والے قہقہے پھر ایک بار بُلند ہُوئے اور اُس کے بعد بُت کے قدموں سے اُٹھنے والا دُھواں آپ ہی آپ ختم ہو گیا۔

مریجا کی تحریر

اچانک انجم کو اپنے پیچھے کچھ کھڑکھڑاہٹ سُنائی دی۔ اُس نے جلدی سے مُڑ کر دیکھا۔ اسلم صاحب امّی، نعیم اور ثروت اُسے ڈھونڈتے ہُوے اُسی طرف آ گئے تھے۔

"انجم، تم میں یہ بہت بُری عادت ہے کہ بغیر کِسی کو بتائے چلے جاتے ہو" اسلم صاحب نے کہا۔

"غلطی ہو گئی۔ معافی چاہتا ہوں"

"بیٹے، یہاں ہم سب کو ایک ساتھ ہی رہنا چاہیے۔" امّی نے کہا۔

"تمہارا ذوقِ تجسّس دُوسروں کے لیے باعثِ آزار ہو سکتا ہے" نعیم نے کہا۔

"یعنی میری یہ چھان بین کرنے کی عادت دُوسروں کو تکلیف پہنچا سکتی ہے" انجم نے مُسکراتے ہُوئے کہا

نعیم نے جلدی جلدی سب کو دیکھا تو اُن کے مُنہ بنے ہُوئے نظر آئے۔ وہ جھینپ گیا۔

"مگر یہاں یہ بُت کیسا ہے؟" امّی کو بڑی دیر کے بعد بُت کا خیال آیا۔

"پُرانے زمانے میں جو لوگ اِس جزیرے میں رہا کرتے تھے، شاید یہ اُن کا دیوتا ہے۔" انجم نے جواب دیا۔

"ایسا لگتا ہے کہ یہ ٹھوس چٹان کو کاٹ کر بنایا گیا تھا۔" ثروت نے رائے ظاہر کی۔

"ممکن ہے یہ مامبا قوم کا کوئی دیوتا ہو۔" اسلم صاحب نے بُت کو اُوپر سے نیچے تک دیکھتے ہُوئے کہا

"ابّا جی! انجم نے کچھ دیر سوچنے کے بعد کہا۔" میں چاہتا ہُوں کہ ہم لوگ اب جلد سے جلد یہ جزیرہ چھوڑ دیں۔"

"کیوں ۔۔؟" اسلم صاحب نے حیرت سے پُوچھا۔

"اِس لیے کہ ہمارا یہاں رہنا خطرناک ہے۔" انجم نے آنکھ سے اِشارہ کرتے ہُوئے کہا۔

"ہاں خطرناک تو بے شک ہے۔" اسلم صاحب نے۔ اِشارہ سمجھ کر کہا۔

"جزیرے کی رُوح سے ابھی میری بات ہُوئی ہے اُس نے کہا ہے کہ اگر ہم لوگ یہاں سے نہیں گئے تو مُشکل میں پھنس جائیں گے۔"

"جزیرے کی رُوح وہی تو نہیں جمّی بھیّا جس کے قہقہے ہم نے سُنے تھے؟" ثروت نے بُت کو گھورتے ہُوئے کہا۔

"ہاں — وُہی ہے۔ یہ اُسی کا حُکم ہے کہ ہم لوگ جلد سے جلد جزیرہ خالی کر دیں۔"

"ٹھیک ہے۔ ہم جزیرہ خالی کر دیں گے۔" اسلم صاحب بولے۔

"اب ہم واپس اپنے خیمے میں چلتے ہیں۔ رات ہونے والی ہے، اس لیے کل صُبح اپنا سامان باندھنا شروع کریں گے۔ سامان باندھنے میں دو دن تو لگ جائیں گے۔ پھر ہم شومار کو وائرلیس کے ذریعے پیغام بھیج دیں گے کہ وہ ہمیں آکر لے جائے۔ اس طرح ہمیں شاید اِس جزیرے میں تین دن اور گزارنے پڑیں۔ چوتھے دن یقینی طور پہ ہم چلے جائیں گے — کیوں ابا جی، میں نے ٹھیک کہا نا؟"

"ہاں ہاں — اِس کے علاوہ اور ہو بھی کیا سکتا ہے"

اسلم صاحب سر ہلا کر بولے۔ اُنھیں یقین ہو گیا تھا کہ انجم نے کوئی خاص بات معلوم کر لی ہے اور کسی وجہ سے وہ بتانا نہیں چاہتا، اس لیے وہ بنا سوچے سمجھے اُس کی ہر بات پر ہاں کہہ رہے تھے۔

بُت کو ایک بار پھر غور سے دیکھنے کے بعد، اِدھر اُدھر دیکھتے ہُوئے وہ لوگ پھر وہیں آ گئے جہاں اُنھیں ٹوٹی ہُوئی جھونپڑی کے آثار دکھائی دیے تھے۔ انجم نے سب سامان رافٹ پر چڑھانے کے لیے کہا اور جب سامان رافٹ پر لد چُکا تو اُس نے اسلم صاحب کو ایک چٹان کی آڑ میں بیٹھنے کے لیے کہا اور نعیم و ثروت کو ہدایت کی کہ وہ دونوں یُونہی رافٹ کی رسّیوں کو ٹھیک کرتے رہیں تاکہ یہ ظاہر ہو کہ ڈھیلی رسّیوں کو کس کر باندھا جا رہا ہے۔

جس چٹان کی آڑ میں اسلم صاحب بیٹھے تھے وہ اُوپر سے جھاڑیوں سے ڈھکی ہُوئی تھی۔ یُوں سمجھیے کہ وہ ایک طرح کی چھتری تھی۔ اگر کوئی اسلم صاحب کو دیکھنا چاہتا تو صرف سمندر میں سے دیکھ سکتا تھا۔ ورنہ وہ کسی کو نظر نہیں آ سکتے تھے۔

"ابّا جی، ذرا غور سے سُنیے اور پھر مشورہ دیجیے کہ اب ہم کیا کریں۔" انجم نے اُن کے کان میں جلدی جلدی کہنا شروع کیا۔ اس کے ساتھ ہی اُس نے وہ سب باتیں بھی انھیں سُنا دیں جو بُت نے اُس سے کہی تھیں۔ اسلم صاحب بڑے حیران ہُوئے "تمہارا مطلب ہے کہ بُت بول رہا تھا؟"

"جی ہاں۔"

"ہرگز نہیں۔ ایسا بھلا کس طرح ہو سکتا ہے؟"

"یقین تو مجھے بھی نہیں آتا، ابّا جی، ضرور اِس میں کوئی راز ہے اور وہ راز میں ڈھونڈ کر رہوں گا اب سُنیے کہ میں کیا کہنا چاہتا ہوں۔ میری باتیں سُن لیجیے اور پھر جو آپ کہیں گے میں اُسی پر عمل کروں گا۔ میں نے دراصل کِسی کو سُنانے کے لیے ہی کہا تھا کہ ہمیں اس جزیرے سے جانے میں تین چار دن ضرور لگ جائیں گے۔ میرا خیال ہے کہ آپ، امّی اور ثروت واپس چلے جائیں اور میں نعیم کے ساتھ یہیں رہوں۔"

"کیا کہہ رہے ہو؟" اسلم صاحب نے چونک کر انجم کو دیکھا۔ "ایسا بھلا کِس طرح ہو سکتا ہے۔"

"ایسا کرنا پڑے گا ابا جی"، انجم نے کہا۔ "میں نے کچھ سائے ایسے دیکھے ہیں جو چھُپ چھُپ کر ہمیں دیکھتے رہتے ہیں۔ یقیناً وہ مامبا لوگ ہوں گے۔ وہ بُت اُن کا دیوتا ہے۔ میں چاہتا ہُوں کہ جنگلی یہ دیکھ لیں کہ ہم لوگ رافٹ میں بیٹھ کر روانہ ہو چکے ہیں۔"

"مگر اس سے فائدہ کیا ہو گا؟"

"میں اور نعیم یہاں چھپ کر اُس بُت کا راز جاننے کی کوشش کریں گے۔ اس طرح ہو سکتا ہے کہ ہمیں کیپٹن سلوَر کے خزانے کا بھی پتا لگ جائے۔"

"کیپٹن سلوَر کے خزانے کا پتا تمھیں کس طرح چل سکتا ہے؟"

"میں وہ تحریر رات کو پڑھنا چاہتا ہوں جو مریجا پر لکھی ہُوئی ہے۔"

"لیکن مریجا ہے کیا بلا؟"

"اُس بھلے سے خوف ناک بُت کا نام ہی مریجا ہے ابا جی، اور وہ عبارت اُس کے قدموں کے نیچے پتھر پر کھُدی ہُوئی ہے۔"

"کیا کہہ رہے ہو تُم۔؟" اسلم صاحب کو اتنی

حیرت ہُوئی کہ وہ قریب قریب چیخ پڑے۔ اُن کی آواز سُن کر ثروت بھی آ گئی اور خاموشی سے اُن کی باتیں سُننے لگی۔

"میں ٹھیک کہہ رہا ہُوں۔ میں رات کو یہاں رُک کر وہ عبارت نقل کرنا چاہتا ہُوں۔"

"مگر بیٹے، اِس کام میں بہت خطرہ ہے۔" اسلم صاحب نے کہا۔" میں جان بُوجھ کر تمہیں خطرے میں نہیں جھونک سکتا۔ اِس ارادے سے باز آؤ اور ہمارے ساتھ ہی واپس چلو۔ وہ عبارت بے کار ہے یہ تو سوچو کہ جب وہ اِتنی صاف لکھی ہُوئی ہے تو کسی اور نے اُسے کیوں نہیں پڑھ لیا؟"

"اوّل تو اس لیے نہیں پڑھا کہ جنگلی مامبا پڑھے لکھے نہیں ہیں۔ دُوسرے کسی اور نے یوں نہیں پڑھا کہ وہ اسکاؤٹوں کی اشارے والی زبان میں لکھی ہوئی ہے۔"

"اوہ۔ تو یہ بات ہے۔" اسلم صاحب سوچ میں پڑ گئے۔ دراصل وہ سوچ رہے تھے کہ اپنے پیارے اور چہیتے بیٹے کو جان بُوجھ کر خطرے میں کیسے چھوڑ دیں۔ پھر اُنھیں اِس کا بھی یقین تھا کہ اِس

کے علاوہ اور کوئی چارہ بھی نہیں ہے۔ یہ تو مُمکن ہے کہ وہ خود یہاں رُک کر وہ عبارت نقل کر لیں مگر پھر رافٹ کو کون چلائے گا؟

"آپ کچُھ سوچیے مت۔ بس ایک ٹارچ اور ایک قطب نما دے دیجیے۔ میں نے اندازہ لگا لیا ہے کہ ہمارا خیمہ کِس طرف ہے۔ میں عبارت نقل کر لینے کے بعد جزیرے کے اندر ہی اندر چلتا ہُوا خیمے تک پہنچ جاؤں گا۔"

جب یہ باتیں امّی اور نعیم کو بتائی گئیں تو نعیم تو خاموش رہا مگر امّی پریشان ہوگئیں اور وہ دیر تک انجم کو سمجھاتی رہیں۔ وہ اِس بات سے پریشان تھیں کہ انجم رات کو جھونپڑی کی سَمت کس طرح معلُوم کرے گا اور خُدا نخواستہ راستے میں کوئی درندہ وغیرہ نہ مِل جائے۔

اس مشکل کو نعیم نے حل کیا۔ اُس نے بتایا کہ خیمے کے برابر جو اُونچا سا درخت ہے اس پر ایک لالٹین لٹکا دی جائے۔ اور یہ لالٹین ثروت درخت پر چڑھ کر لٹکائے۔ ثروت نے درخت پر چڑھ کر لنگور گڈّو کو بھی دریافت کیا تھا اور اسے درختوں پر

چڑھنے کی عادت بھی ہے اس لیے یہ کام آسانی سے ہو جائے گا۔ رات کو لالٹین کی روشنی دیکھ کر ہم دونوں خیمے کی طرف آ جائیں گے۔ رہے درندے تو ہمیں ایک پستول دے دیا جائے۔ صرف ضرورت کے وقت ہی اُسے استعمال کیا جائے گا ورنہ وہ اِسی طرح واپس مل جائے گا۔

امّی کو پہلی بار معلوم ہُوا کہ نعیم کے دماغ میں موٹے موٹے الفاظ ہی نہیں عقل بھی ہے۔

تعاقُب

رافٹ پر سامان اِس طرح چُنا گیا کہ اگر جزیرے میں سے کوئی انجم اور نعیم کو دیکھنا چاہے تو یہ سمجھ لے کہ وہ دونوں سامان کی اوٹ میں ہو گئے ہیں۔ اس کے بعد امّی نے کچھ دُعائیں پڑھ کر انجم اور نعیم پر پھُونکیں۔ اُن کی آنکھوں میں آنسو بھی آ گئے۔ مگر اُنھوں نے جلدی سے اپنا مُنہ دُوسری طرف پھیر لیا اور پھر رافٹ سمندر میں آہستہ آہستہ آگے کی طرف بڑھنے لگی۔ انجم اور نعیم اُسی چٹان کے نیچے اُس وقت تک دبکے رہے جب تک کہ رات نہ ہو گئی۔

رات کے وقت جزیرے کا یہ حِصّہ بھیانک آوازوں سے گُونجنے لگا۔ یہ آوازیں اژدہے کی پھُنکار جیسی تھیں۔ ایسا لگتا تھا جیسے لاتعداد اژدہے سِسکاریاں بھر رہے ہوں۔ اِن سِسکاریوں میں اب ایسی

آوازیں بھی شامل تھیں جن سے ظاہر ہوتا تھا کہ کچھ انسان عجیب سی زبان میں کوئی گیت گا رہے ہیں۔

انجم چاہتا تھا کہ رات کے نو بجے اپنا کام شروع کرے۔ نعیم نے بھی اسے یہی مشورہ دیا۔ خدا خدا کر کے رات کے نو بجے۔ دونوں بچّوں نے اپنی سفید قمیصیں اُتار کر اُن کی ایک گٹھڑی سی بنا لی۔ سفید قمیص رات کے اندھیرے میں بھی نظر آجاتی ہے اور انجم نہیں چاہتا تھا کہ وہ کسی کو نظر آئیں قمیصوں کی سفید گٹھڑی کے اُوپر درختوں کی چھال لپیٹ دی گئی۔ اس طرح گٹھڑی کا سفید رنگ بھی چھُپ گیا۔

اب اللہ کا نام لے کر دونوں بچّے اپنی اِس بھیانک مُہم پر روانہ ہو گئے۔ نعیم بے شک دُبلا پتلا اور ڈرپوک تھا مگر ایسی مہمّوں میں حِصّہ لینے کا اُسے بیحد شوق تھا۔ یہی وجہ تھی کہ اب وہ بہت ہی نڈر اور پھُرتیلا نظر آتا تھا۔ انجم نے اُس راستے کو اپنے ذہن میں محفُوظ کر لیا تھا جس سے ہو کر وہ مریجا کے بُت تک گیا تھا اب وہ اِسی راستے پر جھاڑیاں دونوں ہاتھوں سے ہٹاتا ہُوا آگے بڑھ رہا تھا۔

پندرہ بیس منٹ کے اندر ہی وہ مریجا کے بُت

کے قریب پہنچ گئے لیکن وہاں بالکل خاموشی تھی۔ نہ تو بُت کے مُنہ سے آواز آ رہی تھی اور نہ اُس کے قدموں میں سے دُھواں ہی اُٹھ رہا تھا۔ انجم نے پستول نعیم کو دیا اور پھر کاغذ قلم جیب سے نکال کر ٹارچ نعیم کو تھما دی۔ نعیم نے ٹارچ کی روشنی بُت کے قدموں کے نیچے والے پتھر پر ڈالی اور انجم جلدی جلدی اشاروں والی وہ زبان لکھنے لگا جو ایک اسکاؤٹ دُور کھڑے ہُوئے دُوسرے اسکاؤٹ کو جھنڈی ہلا ہلا کر بتایا کرتا ہے۔ وہ تحریر نقل کرنے میں مشکل سے تین یا چار منٹ صرف ہُوئے۔ اِس کے بعد انجم وہاں سے ہٹ کر فوراً ایک گھنی جھاڑی کے نیچے آ گیا اور نعیم سے کہنے لگا:

"تُم میرے اِس راز کو راز ہی رکھنا۔ وعدہ کرو تو میں ایک اور بات بھی بتا دُوں؟"

"بے فکر رہو۔ میں وعدہ کرتا ہُوں۔" نعیم نے جوشیلے لہجے میں جواب دیا کیوں کہ اب تک کی کارروائی سے وہ بہت خوش تھا۔

"اِس بُت کے سر میں ایک لاؤڈ سپیکر لگا ہُوا ہے ایسے ہی بیس پچیس سپیکر مُختلف درختوں پر لگے ہُوئے

ہیں۔ کیوں کہ میں نے بجلی کے تار ایک درخت سے دُوسرے درخت پر جاتے ہُوئے دیکھے ہیں۔ اُنھیں چھُپانے کی کوشش تو بہت کی گئی ہے مگر وہ میری آنکھ سے نہ چھُپ سکے۔"

"سچ"۔ نعیم نے کہا۔" تم نے تو ایسی بات بتائی ہے کہ میرے جسم میں سنسنی پیدا ہوگئی ہے۔"

"ضرور ہوگئی ہوگی۔ مگر یہ سُن کر تمھیں اور بھی تعجّب ہوگا کہ اِس جزیرے میں کوئی مُہذب انسان بھی ہے اور لاوڈ سپیکر پر وہی بولتا ہے۔"

"ٹھیک کہتے ہو۔ ضرور یہی بات ہے۔" نعیم نے آہستہ سے کہا۔

"اور وہ اِنسان کون ہے، یہ بھی میں اچھّی طرح جانتا ہُوں۔"

"کون ہے؟" نعیم کی آواز میں جوش تھا۔

"یہ میرا ایک راز ہے۔ مجھے افسوس ہے کہ میں ابھی نہیں بتا سکتا۔ مُنہ سے نکلی ہوئی ذرا سی بات ہمارا بنا بنایا کام بگاڑ سکتی ہے۔"

انجم اتنا کہنے کے بعد آگے بڑھنے لگا۔ اُسے یہ تو علم ہی تھا کہ خیمہ کِس سَمت میں ہے۔ کچھ دیر پہلے

وہ قطب نما کے ذریعے اُس کا صحیح اندازہ لگا چکا تھا اندھیرے میں ٹارچ کی روشنی اِن دونوں کے بڑے کام آ رہی تھی۔ انجم آگے تھا اور نعیم پیچھے۔ وہ دونوں اپنا ہر ہر قدم ناپ تول کر رکھ رہے تھے۔ راستے میں ملنے والی جھاڑیاں اور نکیلے پتھر اُن کی ٹانگوں اور جسم کو زخمی کر رہے تھے مگر وہ اِن سب تکلیفوں سے بے پروا آگے ہی آگے بڑھتے جا رہے تھے۔

چلتے چلتے انجم نے اندازہ لگایا کہ سِسکاریوں کی آوازیں اب ہلکی ہوتی جا رہی ہیں۔ اُسے یقین ہو گیا کہ مامبا قوم کے لوگ اُس بُت کے آس پاس ہی کہیں رہتے ہیں لیکن نظر کسی کو نہیں آتے۔ سِسکاریاں اصل میں اُن کی کچھ خاص قِسم کی آوازیں ہیں۔ اِس طرح وہ کوئی گیت گاتے ہیں یا پھر عبادت کرتے ہیں نجم کے ساتھ ہی نعیم کو بھی خوشی تھی کہ وہ تمام کام خوش اسلوبی سے کام کرتے کے بعد اب واپس جا رہے ہیں ——— لیکن کاش اُن دونوں کو عِلم ہوتا کہ اُن کی حرکتوں کو آٹھ پوشیدہ آنکھیں لگاتار دیکھ رہی ہیں۔ وہ چار ننگ دھڑنگ اور کالے کلوٹے جنگلی تھے جو اچانک ایک زور دار نعرہ لگا کر کسی

اُونچے درخت سے کُودے اور پھر انجم اور نعیم کے سامنے آکر کھڑے ہو گئے۔

نعیم کی تو گھگی بندھ گئی مگر انجم نے اُسے تسلی دی۔ اور کان میں کہا کہ ہم اِن لوگوں کو جُل دے کر بھاگ نکلیں گے اُس نے نعیم کے ہاتھ سے پستول بھی لے لیا اور پھر چوکنا ہو کر جنگلیوں کو دیکھنے لگا۔

ماما قوم کے چار آدمیوں کو انجم پہلی بار دیکھ رہا تھا۔ وہ لوگ بڑے بھیانک تھے اور اُن کے سروں کے بال کھڑے ہوئے تھے۔ انھوں نے صرف ایک لنگوٹی باندھ رکھی تھی اور ہتھیار کی جگہ کسی درخت کی ایک لمبی سی نکیلی شاخ اپنے ہاتھ میں پکڑ رکھی تھی۔ انجم جانتا تھا کہ وہ نکیلا حصہ ضرور زہر میں بُجھا ہُوا ہوگا۔ جنگلیوں نے اُنھیں دیکھ کر اپنی زبان میں نہ جانے کیا کیا کہنا شروع کر دیا اور پھر اچانک اُنھیں پکڑنے کے لیے ان کی طرف جھپٹے۔ انجم پہلے ہی نعیم کو بتا چکا تھا کہ اُسے کیا کرنا ہے۔ اِس لیے جیسے ہی جنگلی قریب آئے۔ اُن دونوں نے اپنے ہاتھوں میں پکڑی ہوئی شاخیں اچانک چھوڑ دیں جن کو انھوں نے کمان کی طرح تان رکھا تھا۔ اسپرنگ کی طرح یہ

شاخیں اُن جنگلیوں کے ننگے جسموں پر پڑیں اور وہ تلملا کر چلّانے لگے۔ اس موقع سے فائدہ اُٹھا کر وہ دونوں تیر کی طرح اُن کی کھُلی ہُوئی ٹانگوں کے نیچے سے نکل کر سامنے کی سمت تیزی سے بھاگنے لگے۔

جنگلی اب بھی چلّا رہے تھے۔ پہلے تو اُن کی سمجھ میں ہی نہ آیا کہ اُن کی ٹانگوں کے نیچے سے کیا چیز نکل گئی ہے، اور جب انھیں اس حقیقت کا پتا چلا کہ وہ تو انجم اور نعیم تھے تو اُنھوں نے اپنی زبان میں ایک خوف ناک نعرہ لگایا اور پھر کُودتے پھلانگتے ان دونوں کے پیچھے دوڑ پڑے۔ دونوں لڑکے پُوری طاقت سے دوڑ رہے تھے لیکن چُوں کہ وہ راستے سے اچھی طرح واقف نہیں تھے اور راہ میں بار بار چٹانیں اور کھڈ بھی آ رہے تھے اس لیے اُن کی رفتار آہستہ آہستہ مدھم ہوتی جا رہی تھی۔ اپنے پیچھے وہ جنگلیوں کی آوازیں برابر سُن رہے تھے اور یہ آوازیں دھیرے دھیرے قریب آ رہی تھیں۔ اس سے اُن کو یقین ہونے لگا کہ جنگلی ضرور اُنھیں پکڑ لیں گے۔ دوڑتے دوڑتے نعیم نے انجم کو مشورہ دیا کہ انھیں کسی محفوظ مقام پر چھُپ جانا

چاہیے۔ مگر انجم اس مشورے پر عمل کرنے پر تیار نہ تھا۔

اُن کا تعاقب برابر ہو رہا تھا اور اُنھیں بھاگتے بھاگتے اب آدھ گھنٹا ہو چکا تھا۔ اِس لحاظ سے اب انھیں جھونپڑی کے قریب ہی ہونا چاہیے۔ ایک جگہ رُک کر جیسے ہی وہ سانس لینے کے لیے رُکے تو اُن کی نظر سامنے کے ایک درخت پر گئی اور پھر یہ دیکھ کر ان کے مُنہ سے خوشی کی چیخ نکل گئی کہ اُس درخت کی چوٹی پر ہلکی سی روشنی نظر آ رہی ہے۔

جنگلیوں کی آوازیں اب بہت قریب آ چکی تھیں انجم نے پھر بھاگنا شروع کر دیا۔ نعیم اُس کے پیچھے تھا۔ اچانک ان دونوں کو ایک دم رُک جانا پڑا کیونکہ انجم سے تھوڑے ہی فاصلے پر دو جنگلی کھڑے ہوئے اُسے گھُور رہے تھے۔ چاند اِس عرصے میں کافی اُونچا آچکا تھا اور اُس کی ہلکی سی دُودھیا روشنی میں جنگل کا وہ حصّہ بالکل صاف نظر آ رہا تھا۔ پہلے تو انجم کی سمجھ میں نہیں آیا کہ وہ دو جنگلی اُس سے پہلے وہاں کیسے پہنچ گئے؟ لیکن جب اُسے اپنے پیچھے سے بھی دو جنگلی چیختے چلاتے آتے ہوئے دکھائی

دیے تو وہ معاملے کی تہہ تک پہنچ گیا۔

دراصل کسی قریبی راستے سے دو جنگلی اُن کے آگے پہنچ گئے تھے اور باقی دو جان بُوجھ کر شور مچاتے ہوئے پیچھے آتے رہے تاکہ وہ دونوں یہی سمجھیں کہ جنگلی ابھی تک اُن کے پیچھے ہیں اور وہ آگے ہی آگے بھاگتے رہیں۔

دونوں جنگلی اُنھیں خوف ناک نظروں سے گھُور رہے تھے۔ انجم اور نعیم تھے تو آخر لڑکے ہی۔ وہ جنگلیوں کی اِس چالاکی کو نہ سمجھ سکے۔ اِس سے پہلے کہ انجم اپنا پستول چلاتا، پچھلے دونوں جنگلیوں نے جلدی سے آگے بڑھ کر اُن دونوں کو پکڑ لیا۔ وہ خُود کو چھُڑانے کے لیے جدّوجہد کرتے رہے اور اس عرصے میں آگے والے جنگلی بھی اُن کے قریب آ گئے۔ اُن میں سے ایک نے آتے ہی انجم کو گھُونسوں اور لاتوں سے مارنا شروع کر دیا۔ پہلے تو وہ برداشت کرتا رہا مگر آخر کہاں تک۔ اُس کے مُنہ سے چیخیں نکلنے لگیں۔ انجم کو پٹتے دیکھ کر نعیم بھی چیخنے لگا۔ بچے جب کسی بکری کو ستاتے ہیں تو وہ بھی مجبُور ہو کر سینگ مار دیتی ہے۔ انجم اور نعیم نے بھی یہی

کیا۔ اُنھوں نے باری باری اِن دونوں جنگلیوں کے ہاتھوں پر کاٹ کھایا اور پیٹ میں ٹکر بھی ماری جنگلی اس سے اور بھی ناراض ہو گئے اور اب اُنھوں نے تہیّہ کر لیا کہ اِن دونوں کو ختم ہی کر دیا جائے۔ انجم اُن کے اِس اِرادے کو بھانپ گیا اور اس نے ایک آخری مگر زور دار کوشش خود کو آزاد کرانے کی اور کی۔ مگر سب بے کار! جنگلیوں کے ہاتھ شکنجہ تھے۔ دونوں اپنی سرتوڑ کوشش کے باوجود بھی آزاد نہ ہو سکے۔ اتنی دیر میں سامنے والے جنگلیوں نے اپنی دُہی لمبی اور پتلی سی درخت کی نکیلی شاخیں ہاتھوں میں بلند کرلیں اور وہ وار کرنے کے لیے بالکل تیار تھے۔ انجم نے سمجھ لیا کہ بس اب تو خدا ہی حافظ ہے۔ دل ہی دل میں وہ سوچ رہا تھا کہ اپنی حد سے آگے بڑھنے کا انجام کبھی اچھّا نہیں ہُوا کرتا انسان کو اپنی بساط کے مطابق کام کرنا چاہیے۔جس مُہم کو سَر کرنے کا بیڑا اس نے اُٹھایا تھا وہ اُس کے لائق نہ تھی۔ یہ کام تو کسی ہوشیار اور بہادُر آدمی کے کرنے کا تھا۔ اُن جیسے کمزور لڑکوں نے بے کار ہی یہ مُشکل کام اپنے ذمّے لیا۔

خزانے کا راز

جنگلی لکڑی کے بھالے پھینکنے ہی والے تھے کہ اچانک نعیم کو خیال آیا کہ انجم کے پاس پستول بھی تو ہے۔ اس نے فوراً چلا کر انجم سے کہا کہ وہ پستول چلا دے۔

اب مُصیبت یہ تھی کہ اس مار کُٹائی میں وہ پستول انجم کے ہاتھ سے چھُوٹ کر نیچے گر چکا تھا اور اتنا موقع تھا ہی نہیں کہ اُسے ڈھونڈا جاتا۔ پھر بھی اس نے کوشش ضرور کی اور پھر یہ دیکھ کر خُدا کا شکر ادا کیا کہ پستول وہیں اس کے قدموں کے پاس پڑا ہُوا ہے۔ ایک سیکنڈ ضائع کیے بغیر اُس نے بجلی کی سی تیزی کے ساتھ پستول اٹھایا اور گولی چلانا ہی چاہتا تھا کہ ایک جنگلی نے آگے بڑھ کر اُس کے ہاتھ پر ہاتھ مارا۔ پستول نیچے زمین

پر گر پڑا اور اس کے ساتھ ہی انجم اور نعیم کے پیچھے کھڑے ہُوئے جنگلیوں نے اُن کی مُشکیں کس لیں۔ اپنے آپ کو بے بس دیکھ کر انجم بُری طرح رونے لگا اور پھر اُس کے رونے میں نعیم کی آواز بھی شامل ہو گئی۔ وہ بُری طرح چلّا رہے تھے۔ جنگلیوں نے یہ سوچ کر کہ کہیں اُن کی چیخ و پُکار سُن کر کوئی آ نہ جائے، اُنھیں جان سے مار ڈالنے کا اِرادہ کر لیا۔ پیچھے والے جنگلیوں نے اب اُن دونوں کو بُری طرح دبوچ لیا اور سامنے والے جنگلی لکڑی کے بھالے ہاتھ میں لے کر پینترے بدلنے لگے۔ اُن میں سے ایک پیچھے ہٹا اور پھر بھالا پھینکنے کے لیے تیزی سے آگے بڑھا۔ اچانک ایک عجیب بات ہُوئی۔

ایک زور دار دھماکا ہُوا ـــــــ اور پھر ایک جنگلی زمین پر گر کر تڑپنے لگا۔ دُوسرا ابھی سمجھ بھی نہ پایا تھا کہ کیا ہُوا کہ فوراً ہی دُوسرا دھماکا ہُوا اور وہ بھی ایک زبردست چیخ مار کر گرا۔ اُن دونوں کا یہ حشر دیکھ کر دو جنگلی بھی اچانک بھاگ کھڑے ہُوئے جنھوں نے انجم اور نعیم کو

پکڑ رکھا تھا۔

انجم اور نعیم بھی روتے چلّاتے دوڑے اور پھر اُس آدمی سے لپٹ گئے جو بندُوق تانے اِسی طرف آ رہا تھا۔ یہ اسلم صاحب تھے۔

کچھ دیر بعد انجم اور نعیم خیمے میں بیٹھے ہُوئے اپنی کہانی سُنا رہے تھے۔ انجم کا اندازہ بالکل درست تھا۔ جس مقام پر جنگلی گولی کھا کر گرے تھے۔ وہ جھونپڑی سے بہت ہی قریب تھا۔ انجم اب خُدا کا شکر ادا کر رہا تھا کہ اسلم صاحب وقت پر پہنچ گئے تھے ورنہ اِس وقت وہ دونوں جنگلیوں کی جگہ مرے پڑے ہوتے۔ اسلم صاحب نے اِس عرصے میں انجم کو یہ خوش خبری سُنا دی تھی کہ رافٹ کے ذریعے خیمے میں آنے کے فوراً بعد ہی اُنھوں نے ملّاح سُومار کو وائرلیس کے ذریعے یہ خبر بھیج دی تھی کہ وہ لوگ خطرے میں ہیں اور وہ جلد سے جلد جزیرے میں پہنچنے کی کوشش کرے سُومار بس کچھ ہی دیر میں یہاں حفاظتی دستے کو لے کر آنے والا ہے۔

واقعی یہ خوش خبری تھی۔ انجم اور نعیم مدد

پہنچنے کے خیال سے بہت خوش ہوئے۔ اسلم صاحب نے تحریر کے بارے میں کچھ تحریر کے بارے میں دریافت نہیں کیا تھا مگر انجم انھیں جلد سے جلد وہ تحریر دکھا دینا چاہتا تھا۔ ابھی وہ کچھ کہنے ہی والا تھا کہ اچانک کوئی چیز پھدک کر اس کی گود میں آ کر بیٹھ گئی۔ یہ لنگور تھا۔ انجم کو اُس نے کافی دیر سے نہیں دیکھا تھا، اس لیے محبت ظاہر کرنے کے لیے اُس کے پاس آ کر بیٹھ گیا تھا۔ انجم نے اس کے سر پر محبّت سے ہاتھ پھیرا اور پھر اسلم صاحب سے کہنے لگا:

"اباجی، میں مریجا کے قدموں میں لکھی ہوئی وہ تحریر تو نقل کر لایا ہوں۔ اب اُسے پڑھ کر سمجھنے کی ضرورت ہے۔"

"تم نے واقعی یہ بہت بڑا کارنامہ انجام دیا ہے۔" اسلم صاحب خوش ہو کر بولے۔

"تمھیں اور نعیم کو جب واپس آنے میں بہت دیر ہو گئی تو ہم لوگ تمھیں ڈھونڈنے کے لیے روانہ ہوئے۔" امّی محبت بھری نظروں سے انجم کو دیکھتے ہوئے بولیں "خُدا کا بہت بڑا کرم ہوا کہ تمھارے ابا نے اُن

جنگلیوں کو دیکھ لیا ورنہ بیٹیا تم ضرور مصیبت میں پھنس جاتے"

"پھنس کہاں جاتے، امرِ واقعہ یہ ہے کہ اُس صورت میں ہم قیدِ قفس اور قیدِ حیات دونوں سے نجات پا جاتے۔"

نعیم بے چارہ چونکہ خود بھی کارنامہ انجام دے کر آیا تھا اِس لیے امّی نے اس بار مُنہ نہیں بنایا ویسے وہ سمجھ ضرور گئی تھیں کہ نعیم کا مطلب کیا ہے۔

سکاؤٹ کی ڈائری انجم کے پاس ہمیشہ رہتی تھی اس نے ثروت سے وہ ڈائری اپنے سامان میں سے نکلوائی اور پھر وہ سب مرچیا کی تحریر کو سمجھنے کے لیے سر جوڑ کر بیٹھ گئے۔ کافی دیر کی مغز پچی کے بعد مطلب سمجھ میں آ گیا تو جیسے سب کے جسموں میں مسرت کی لہر دوڑ گئی۔

"ہائے میرے اللہ" ثروت نے اپنے ہاتھ ملتے ہوئے کہا "کیا خزانہ ہمیں مل جائے گا؟"

"کیوں نہیں ملے گا ثرو۔ ملے گا اور ضرور ملے گا"

کیپٹن ہسلوَر نے مختصر سے الفاظ میں اپنا مطلب بیان کیا تھا۔ جو الفاظ بنے تھے وہ کچھ اس طرح تھے

"سمندر کا ساحل ۔ تین سیڑھیاں ۔ درمیانی سیڑھی" دیکھا جائے تو پتا اور مقام تو بالکل صاف صاف لکھا ہُوا تھا مگر ہر کسی کے دماغ میں وہ بات نہیں آ سکتی تھی جو اُس وقت انجم سوچ رہا تھا۔ اس نے کیپٹن سلوَر کی ڈائری کے اُسی ورق پر جہاں پر اُس نے ۷ جنوری ۱۷۰۰ والی باتیں لکھی تھیں۔ خزانے کا یہ راز بھی اپنے قلم سے لکھ دیا۔ اسلم صاحب نے اُسے ایسا کرنے سے منع کیا تو اُس نے کہا کہ اگر یہ خزانہ ہم نہ پا سکیں تو اِس صورت میں ہو سکتا ہے کوئی دُوسرا آدمی سالوں بعد یہاں آ کر اُسے ڈھونڈ نکالے۔ خزانے کے راز والی تحریر بار بار رٹنے اور یاد کر لینے کے بعد انجم نے کیپٹن سلوَر کی ڈائری خیمے کے بانس پر اس طرح رکھ دی کہ نیچے سے دیکھنے پر کسی کو بھی نظر نہیں آ سکتی تھی۔

دراصل یہ ایک طرح کی احتیاطی تدبیر تھی۔ اُسے عِلم تھا کہ سُومار امدادی دستے کے ساتھ جلد ہی آنے والا ہے۔ ایک تو یہ ڈائری اس کی اور اُس کے آدمیوں کی نظروں سے چھُپانی ضروری تھی ،

دُوسرے اُسے یہ بھی ڈر تھا کہ کہیں بھاگ جانے والے جنگلی اپنے ساتھیوں کو سُومار کی آمد سے پہلے ہی لے کر نہ آ جائیں۔ اِس ڈائری کا اُن کی نظروں سے چھُپانا بھی ضروری تھا۔ لنگور گڈّو اپنی عادت کے مطابق ایک دو بار بانسوں پر اُوپر نیچے چڑھا۔ ڈائری کے قریب پہنچ کر خوں خوں کی آوازیں نکالیں اور پھر واپس نیچے آ گیا۔

"دیکھا جمی بھیا۔ گڈّو بھی اِس بات سے خوش ہے کہ ہم نے ڈائری محفوظ جگہ چھُپائی ہے۔" ثروت نے لنگور کے سر پر محبت سے ہاتھ پھیرتے ہُوئے کہا۔

"انجم، میرے خیال میں وقت کم ہے۔" اسلم صاحب نے کہنا شروع کیا۔ "آؤ ہم سب مل کر یہ سوچیں کہ اس عبارت کا مطلب کیا ہے؟"

"مطلب تو شاید یہی نکلتا ہے کہ اِس جزیرے کے ساحل پر تین سیڑھیاں بنی ہُوئی ہیں اور تیسری سیڑھی پر اگر چڑھا جائے تو خزانہ ہمیں مل جائے گا۔" انجم نے جواب دیا۔

"چڑھا جائے کیا مطلب؟" اسلم صاحب نے کہا۔ "کیا وہ سیڑھیاں یا زینہ صرف تین ہی سیڑھیاں رکھتا ہے

ہوسکتا ہے کہ وہاں کوئی ایسا زینہ بھی ہو جو سمندر کے اندر جاتا ہو۔ اُس کی صرف تین سیڑھیاں پانی سے باہر ہوں اور باقی پانی کے اندر۔"

"اور اس طرح وہ خزانہ سمندر کی تہہ میں سے ڈھونڈنا پڑے گا؟" امّی نے آہستہ سے کہا۔

"آپ ٹھیک کہتی ہیں امّی۔" انجم کی آنکھیں چمک اُٹھیں۔ "ضرور اس تحریر کا یہی مطلب ہے۔ وہ خزانہ سمندر ہی میں کہیں چھپا ہُوا ہے۔ اور ہم اگر جزیرے کے ساحل ساحل گھوم کر اُس زینے کو تلاش کر لیں تو سب کام آسان ہو جاتا ہے۔"

"اس سعئ لاحاصل سے کیا فائدہ؟" نعیم نے کافی دیر تک سب کی باتیں سُن کر کہا "ساحل نوردی کی کوئی ضرورت نہیں۔ وہ زینے ہماری منزلِ مقصود بے شک ہیں مگر وہ اُسی مقام پر مستور ہوں گے جہاں مریجا کا بُت ہے۔"

سب حیرت سے نعیم کو تک رہے تھے۔ اُس کی بات کسی کی سمجھ میں نہیں آئی تھی۔ انجم جھنجھلا کر بولا:

"بھائی خُدا کے واسطے کبھی تو آدمی بھی بن جایا

کرو۔ طوطے کی طرح رٹے رٹائے فقرے بولتے رہتے ہو۔"

نعیم جھینپ گیا تھا۔ کافی دیر تک وہ آسان لفظ سوچتا رہا اور پھر رُک رُک کر کہنے لگا:

"میں دراصل یہ کہنا چاہتا تھا کہ ساحل ساحل گھومنے کی ہمیں کیا ضرورت ہے جب کہ ہم زینوں کو آسانی سے تلاش کر سکتے ہیں۔"

"تالیاں۔ تالیاں!" ثروت نے نعیم کو جلانے کے لیے تالیاں بجائیں اور پھر پوچھا۔ "زینے کس طرح تلاش کیے جا سکتے ہیں؟"

"کیپٹن سِلوَر جب جنگلیوں کے نرغے میں پھنسا ہُوا ہوگا تو اس نے کوئی قریب کی جگہ ہی عبارت لکھنے کے لیے ڈھونڈی ہو گی۔ ساحل سے جب وہ کچھ قدم جنگل میں گھُسا ہوگا تو اُسے مریجا کا بُت نظر آیا ہوگا لہٰذا اُس نے بُت پر وہ تحریر اپنے خنجر سے کھودی ہو گی۔ اس سے ظاہر ہُوا کہ وہ زینے اُسی مقام پر ہوں گے جہاں کیپٹن سِلوَر اُترا ہوگا اور جہاں اُس نے سِسک سِسک کر جان دی ہو گی۔"

"شاب باش ۔ شاباش:" انجم نے خوش ہو کر زور زور سے تالیاں بجانا شروع کر دیں "خُدا کا لاکھ لاکھ شکر ہے کہ ہمارے پروفیسر نے آسان اُردو میں تقریر کی۔"

"اور اس کے ساتھ ہی بہت کار آمد باتیں، کہیں۔" اسلم صاحب نے مسکرا کر کہا: "بھئی واقعی نعیم کی عقل کی داد نہ دینا کنجوسی ہوگی۔"

بھیانک جنگ

کافی دیر تک وہ لوگ آپس میں باتیں کرتے رہے۔ ملاح سُومار ابھی تک نہیں آیا تھا۔ اسلم صاحب حیرت زدہ تھے کہ آخر اُسے ہُوا کیا ہے اور وہ کیوں نہیں آیا؟ اچانک اُنھیں یاد آیا کہ اِن سب سے ایک بہت بڑی غلطی سرزد ہو رہی ہے اور وہ خواہ مخواہ باتوں میں وقت ضائع کر رہے ہیں، حالانکہ بھاگے ہُوئے جنگلی اپنے قبیلے کو لا کر اُن سب پر حملہ کر سکتے ہیں۔ یہ خیال آتے ہی جیسے کسی نے اُن میں چابی بھر دی۔ اُن کے خیال میں جنگلی دو طرف سے حملہ کر سکتے تھے۔ ایک تو سمندر کی طرف سے اور دُوسرے جنگل کی طرف سے۔ اسلم صاحب سوچ رہے تھے کہ آخر وہ کس طرح اُن کا مقابلہ کریں گے؟

سچ تو یہ ہے کہ یہ سوچ کر اُن کے پسینے چھُوٹ گئے۔ انھوں نے حساب لگایا تو پتا چلا کہ اُن کے پاس دو بندُوقیں، دس پیٹی کارتوس، پانچ پیٹی بارُود، ایک ریوالور اور ایک پستول ہے اور ان کے علاوہ مٹی کے تیل کے دو ڈرم بھی موجود ہیں۔ فوراً ہی انھوں نے ثروت کو دُوربین دے کر کہا کہ وہ ناریل کے درخت پر چڑھ جائے اور دیکھتی رہے کہ جنگلی آ تو نہیں رہے؟ اِتنی دیر میں وہ دُوسرا انتظام کرتے ہیں۔

یہ کہہ کر انھوں نے کھانے کے خالی ڈبوں اور کھوکھلے ناریلوں میں جلدی جلدی بارُود بھری اور اُن میں فلیتے لگا دیے۔ پھر انھوں نے کارتوس کی پیٹی کھولی اور ڈھیر سارے کارتوس پہلے امّی کو دیے اور پھر انھوں نے خُود لیے۔ نعیم کو یہ بات اسی وقت معلوم ہوئی کہ امّی بھی بندوق چلانا جانتی ہیں۔ یہ سب کام کرنے کے بعد انھوں نے نعیم اور انجم کو ایک ایک ریوالور اور پستول دیتے ہوئے کہا کہ اُن میں سے ایک کو جنگل کی طرف اور دُوسرے کو سمندر کی طرف مُنہ کر کے کھڑا ہونا ہے۔ امّی

کے ساتھ نعیم رہے گا اور اُن کے ساتھ انجم۔ ہتھیار چلانے کی مشق انھیں اور کر لینی چاہیے۔

جھونپڑی کے اس حصّے کی سمت جو جنگل کی طرف تھا، سُوکھی جھاڑیاں تھیں اور پھر ان جھاڑیوں کے بعد جنگل شروع ہو جاتا تھا۔ اسلم صاحب نے ایک کنستر میں مٹّی کا تیل بھرا اور پھر یہ تیل اُن جھاڑیوں پر جگہ بجگہ ڈال دیا۔ اُنھوں نے انجم کو ہدایت کی کہ اسی مقام پر کھڑا رہے بلکہ بہتر تو یہ ہے کہ کسی درخت کے پیچھے چھُپ کر کھڑا ہو جائے امّی اور نعیم سے اُنھوں نے کہا کہ اگر کچھ جنگلی سمندر کے راستے سے حملہ کریں تو چوں کہ جھونپڑی اُونچی چٹانوں پر بنی ہوئی ہے اس لیے نیچے ساحل پر آنے والے جنگلی انھیں فوراً نظر آ جائیں گے۔ اگر وہ نیچے ہی کھڑے ہو کر چیختے چلّاتے رہیں تو انھیں کچھ نہ کہا جائے۔ گولی اُسی وقت چلائی جائے جب کہ وہ چٹانوں کے اُوپر چڑھنے اور جھونپڑی تک پہنچنے کی کوشش کریں اگر وہ نیچے ہی کھڑے رہیں اور اُن کے باقی ساتھی جنگل کی طرف سے حملہ کریں تو پھر اِس صورت میں امّی کو اسلم صاحب کے ساتھ لڑائی

میں شامل ہو جانا چاہیے۔ مگر نعیم اُسی جگہ کھڑا رہے گا —— ابھی اسلم صاحب یہ ہدایات دے ہی رہے تھے کہ اچانک ثروت اُوپر سے چلّائی:

"اباجی، جنگل کی طرف سے بہت سارے جنگلی اُچھلتے کُودتے آ رہے ہیں"

"کتنی دُور ہیں۔؟" اسلم صاحب نے چلّا کر پوچھا اور پھر سب کو اشارہ کیا کہ اپنی اپنی پوزیشنیں سنبھال لیں۔ سب لوگ پھُرتی سے اپنی اپنی جگہ پہنچ گئے۔

"ابھی بہت دُور ہیں اباجی —— لیکن بڑی تیزی سے آ رہے ہیں۔" ثروت کی آواز میں خوف شامل تھا۔

"گھبرانا مت بیٹی —— وہیں بیٹھی رہنا۔ پتّوں میں چھُپ جاؤ" اسلم صاحب نے کہا۔

"اباجی —— اباجی —— ثروت اُوپر سے چیخی —— "ایک موٹر کشتی ابھی ابھی ساحل سے لگی ہے، اور اس میں سے ایک آدمی اُتر کر ساحل پر آ رہا ہے ہاں ہاں —— وہ ملّاح سُومار ہی ہے۔"

اسلم صاحب نے جلدی سے سمندر کی طرف دیکھا واقعی وہ ملّاح سُومار تھا۔ اُس کے ہاتھ میں بندوق

تھی۔ مگر تعجُب کی بات یہ تھی کہ وہ بالکل اکیلا تھا۔ اسلم صاحب کو دیکھ کر اس نے ہاتھ ہلایا اور پھر دونوں ہاتھوں کا بھونپو بنا کر چیخا۔

"گھبرائیے مت، میں آ گیا ہُوں!"

"ابّا جی ـــــ ہوشیار، جنگلی آ گئے" ـــــ ثروت نے اُوپر سے چیخ کر کہا "وہ جھاڑیوں کے پاس آنے ہی والے ہیں" ـــــ

"انجم، جھاڑیوں پر فائر کرو ـــــ شاباش جلدی" اسلم صاحب چیخے۔

اور انجم کے فائر کرتے ہی اسلم صاحب نے خود بھی جھاڑیوں پر فائر کر دیا۔ اُن کی اِحتیاط اور عقلمندی کا راز اب کُھلا کیونکہ فائر ہوتے ہی جھاڑیوں میں مٹی کے تیل کی وجہ سے آگ لگ گئی اور ایک منٹ میں دُور دُور تک پھیل گئی۔ جنگلیوں کی بھیانک چیخیں سُنائی دینے لگیں۔ بہت سے جنگلی اپنے ہی زور میں آگ کو پھلانگتے ہُوئے اندر کی طرف آ گئے اُن کی تواضع انجم اور اسلم صاحب نے گولیوں سے کی۔ اس کے باوجُود بھی کچھ جنگلی گولیوں اور آگ کی پروا نہ کرتے ہُوئے اسلم صاحب پر جھپٹے۔ وہ

اُن کے سینے میں لکڑی کا بھالا بھونکنے ہی والے تھے کہ امّی نے پلٹ کر انھیں بندوق کی زد پر رکھ لیا۔ اسلم صاحب اس وقت ایک فوجی جنرل کی طرح سوچ سمجھ کر لڑ رہے تھے۔ انھوں نے چلّا کر نعیم کو حکم دیا کہ وہ بارود کے ڈبوں کو فوراً استعمال کرے۔

نعیم بھی اپنی بہادری دکھانا چاہتا تھا۔ اس نے فوراً ایک ڈبا اُٹھایا، ماچس سے اُس کے فلیتے میں آگ لگائی۔ پھر بھاگتا ہُوا آگے بڑھا اور پوری قوّت سے وہ ڈبا جھاڑیوں کی طرف پھینک دیا۔ اتنا بڑا دھماکا ہُوا کہ کانوں کے پردے پھٹ گئے۔ دھماکے نے کئی جنگلیوں کو ہَوا میں اُچھال دیا اور اُن کی چیخیں دھماکے کے بعد بھی سُنائی دیتی رہیں۔ نعیم نے چار پانچ بارُودی ڈبّے اِسی طرح اُس سَمت میں اُچھال دیے۔ خوف ناک دھماکوں سے چٹانیں گُونج اُٹھیں۔ زخمی جنگلیوں کی چیخیں بڑی بھیانک تھیں۔ اسلم صاحب نے جلدی سے ثروت کو دیکھا۔ شاید وہ میدانِ جنگ کی حالت معلوم کرنا چاہتے تھے۔

ثروت نے ہاتھ کے اشارے سے بتایا کہ جنگلی

بُری طرح بھاگ رہے ہیں۔ پھر اُس نے چیخ کر کہا
کہ اب وہ صرف دس بارہ ہیں اور اِتنے خوفزدہ
ہیں کہ پیچھے مُڑ کر اپنے زخمی ساتھیوں کو بھی نہیں
دیکھتے۔ اسلم صاحب یہ سُن کر مطمئن ہو گئے۔ مگر
اچانک اُنھیں خیال آیا کہ سُومار ابھی تک کیوں اُوپر
نہیں آیا؟ —— جب وہ اُسے دیکھنے کے لیے سمندر
کی طرف گئے تو یہ دیکھ کر اُن کی چیخیں نکل گئیں
کہ پانچ جنگلیوں نے ملّاح سُومار کو زمین پر گرا رکھا
ہے اور اُس کے سینے پر پیر رکھے کھڑے ہیں۔
اُس کے ساتھ ہی دس بارہ جنگلی آہستہ آہستہ چٹانوں
کے نُکیلے پتھروں کو ہاتھوں سے پکڑ پکڑ کر اُوپر کی
طرف آ رہے تھے۔

اسلم صاحب نے چلّا کر انجم اور نعیم سے کہا کہ
وہ خیمے میں جا کر بارُود کے باقی ڈبّے بھی نکال
لائیں۔ انجم اور نعیم دوڑتے ہُوئے خیمے میں گئے۔
نعیم وہیں کھڑا رہا اور انجم ڈبّے اُٹھا اُٹھا کر جھونپڑی
کے باہر لانے لگا۔ نعیم یہ ڈبّے اُسے اندر سے پکڑاتا
جاتا اور یہ بھی دیکھتا جاتا کہ خیمے کے اندر کوئی ایسا
ہتھیار تو موجود نہیں ہے جس سے اس نازک موقع

پر کام لیا جائے۔

لنگور گڈو اور تو کچھ نہیں کر سکتا تھا' بس اِدھر اُدھر اُچھل کُود رہا تھا۔ کبھی جھونپڑی کے اندر پھُدک کر شہتیر پر چڑھ جاتا اور وہاں سے خُوں خُوں کر کے نعیم سے کچھ کہتا اور کبھی کُود کر پھر نیچے آ جاتا۔ نعیم اپنے کام میں لگا رہا اور اُس نے اُس کی طرف کوئی توجہ نہیں کی۔ اسلم صاحب نے ایک بار پھر چلّا کر ثروت سے کہا کہ وہ جنگل کی طرف دیکھتی رہے اور اگر وحشی دوبارہ اُس طرف سے حملہ کرنے کی کوشش کریں تو فوراً خبر کر دے۔

امّی نے فلیتے میں آگ لگائی اور ڈبے والا بم جلدی سے اسلم صاحب کو دے دیا۔ اسلم صاحب نے نشانہ تاکا اور ڈبّا اُس جنگلی کی طرف پھینک دیا جو چٹانوں پر سب سے آگے تھا۔ ایک زور دار دھماکا ہُوا چٹان کے پرخچے اُڑ گئے اور وہ جنگلی ہوا میں اُڑتا ہُوا ساحل کی طرف گرتا ہُوا دکھائی دیا۔ ایک کے بعد ایک، اس طرح کئی بم نیچے پھینکے گئے اور ان بموں نے اتنا دُھواں پیدا کر دیا کہ نیچے ساحل پر نظر آنے والے جنگلی اُس میں بالکل چھُپ گئے۔ اسلم صاحب

نے اِس کی پروا کیے بغیر کہ نیچے والے جنگلیوں کا کیا حشر ہوگا، بم باری جاری رکھی۔

پھر اچانک ایک عجیب بات ہُوئی۔ اُنھوں نے دیکھا کہ گڈّو لنگُور اُچھلتا کُودتا اُس طرف آ رہا ہے۔ اُس کے ہاتھ میں کوئی چیز تھی۔ جیسے ہی انجم نے اپنے ہاتھ کا بم فلیتے میں آگ لگا کر نیچے پھینکا تو گڈّو نے بھی وہ چیز نیچے پھینک دی۔ اور جب وہ چیز نیچے جانے لگی تو سب ارے ارے کر کے رہ گئے۔

وہ چیز کیپٹن سلور کی ڈائری تھی۔!

ڈائری کہاں گئی؟

انجم سر پکڑ کر بیٹھ گیا۔ جواب میں گڈو نے بھی ایسا ہی کیا۔ نعیم اُسے مارنے دوڑا تو وہ جلدی سے اُچک کر ایک درخت پر چڑھ گیا۔ سب کو افسوس ہو رہا تھا کہ ڈائری مُفت میں ہاتھ سے گئی۔ امّی رہ رہ کر ہاتھ مل رہی تھیں۔ یہ موقع ایسا نہیں تھا کہ نیچے اُتر کر ڈائری تلاش کی جاتی۔ کیوں کہ لڑائی ابھی جاری تھی اور اسلم صاحب صِرف دُھوئیں کے چھٹنے کا انتظار کر رہے تھے۔

اور جب یہ دُھواں ختم ہُوا تو اسلم صاحب نے ایک عجیب و غریب منظر دیکھا۔ کچھ جنگلیوں کی لاشیں نیچے ساحل پر پڑی ہُوئی تھیں اور دُور، بہت دُور وہ جنگلی جنھوں نے سوُمار کو گرفتار کر رکھا تھا، اب اُسے گھسیٹتے ہُوئے تیزی سے آگے ہی آگے بھاگے

جا رہے تھے۔

"یہ تو بہت بُرا ہُوا۔" اسلم صاحب نے کہا "وہ بے چارا تو ہماری مدد کرنے آیا تھا۔"

"ہم اُسے ضرور آزاد کرائیں گے۔" انجم نے سینہ تان کر کہا۔

"یہ بڑا مشکل کام ہے بیٹے۔ ہم لوگ اُوپر تھے اور وہ نیچے۔ اِس لیے ہم نے اُن پر قابو پالیا۔ اُن کے علاقے میں جا کر اُن سے ٹکر لینا ٹیڑھی کھیر ہے۔"

"پھر اب کیا کریں؟" امّی نے پُوچھا۔

"یہیں رہ کر اگلی لڑائی کی تیاری۔ ہو سکتا ہے کہ ہمیں اُن سے دو دو ہاتھ کرنے پڑیں۔"

"بس تو یہ طریقہ کیجیے۔" انجم نے کچھ سوچتے ہُوئے کہا۔ "ہم میں سے ایک ایک آدمی باری باری خیمے کے باہر پہرا دیتا رہے اور باقی آرام کریں۔ جو لوگ اندر ہوں وہ بھی باری کے حساب سے سوئیں۔ جو جاگتے رہیں وہ ہتھیاروں کو دُرست کریں اور ڈبوں اور ناریلوں کے بم بنائیں۔"

"بالکل ٹھیک" نعیم نے کہا: "تمھاری دُور اندیشی اور فہم و اِدراک لائقِ صد ستائش ہے۔"

"بھائی پروفیسر خُدا کے لیے کرم کرو۔ ٹیڑھے راستے پر جانے کے بجائے سیدھی راہ پر آجاؤ۔" انجم کے یہ کہتے ہی نعیم پھر جھینپ گیا اور اِس بار اُس نے خُود ہی مُشکل الفاظ کے معنی بتاتے ہُوئے کہا "میرا مطلب ہے کہ تمہاری عقل کی جتنی تعریف کی جائے کم ہے۔"

"اچھا بھئی، تو آؤ اب کام شروع ہو جائے۔" اسلم صاحب خیمے کی طرف بڑھنے لگے اور پھر انھوں نے ثروت سے اِشارے سے پُوچھا کہ کیا حال ہے؟ ثروت نے چِلّا کر جواب دیا کہ دُور دُور تک اُن جنگلیوں کا پتا نہیں ہے۔ اِس پر اسلم صاحب نے اُسے ہدایت کی کہ اب وہ بھی نیچے اُتر آئے۔

دُوسرے دن وہ سب تازہ دم تھے۔ اُنھوں نے پُوری رات جنگلیوں کے حملے کا انتظار کیا مگر خُدا کا شکر کہ ایسی کوئی بات نہیں ہُوئی۔ یُوں لگتا تھا جیسے جنگلی گھبرا کر کہیں چُھپ گئے ہیں۔ ویسے اُن کے حملے سے اسلم صاحب نے اندازہ لگا لیا تھا کہ اُن کی تعداد بہت زیادہ نہیں تھی۔ لیکن وہ خواہ کتنے بھی ہوں، اپنے بچاؤ کے لیے اسلم صاحب ہر

وقت تیّار رہنا چاہتے تھے۔ حال آنکہ وہ لڑنے مرنے والے انسان نہیں تھے۔ اُن کی زندگی امن کے ساتھ گزر رہی تھی۔ مگر اب جو مصیبت اُن پر نازل ہُوئی تھی اس سے نپٹنے کے لیے وہ مکمّل طور پر تیار تھے۔ ایک چیونٹی بھی خُود کو بچانے کی خاطر ہاتھی کو کاٹنے لگتی ہے۔ وہ تو پھر انسان تھے۔!

سب سے بڑی تکلیف جو اُنھیں ہُوئی تھی وہ وائرلیس سَیٹ کا ٹوٹ جانا تھا۔ وہ یہ بات نہیں سمجھ سکے کہ وائرلیس سَیٹ کِس طرح تباہ ہُوا تھا۔ بس لڑائی کے دُوسرے دِن جب انھوں نے بندرگاہ پر اپنی مدد کے لیے پیغام بھیجنا چاہا تو اُس وقت پتا چلا کہ وائرلیس سَیٹ ٹوٹا ہُوا ہے۔ سَیٹ کے پاس ہی مٹّی کے تیل کا ایک ڈرم رکھا ہُوا تھا۔ وہ ڈرم اب اُس سَیٹ پر گرا ہُوا تھا پہلے تو انجم کی سمجھ میں کچُھ نہیں آیا کہ اِتنا بڑا ڈرم خود بخود کِس طرح وائرلیس سیٹ پر گر پڑا مگر پھر وہ فوراً سمجھ گیا۔ تیل کے ڈرم کے اوپری حصّے پر تیل میں ڈوبے ہُوئے ہاتھوں کے نشان تھے۔ انجم بہت دیر تک سوچتا رہا اور پھر یکایک اُس کی آنکھیں چمکنے لگیں۔ وہ سمجھ گیا کہ یہ

حرکت کس کی ہے۔ چاہتا تو وہ امّی اور ابا کو بتا دیتا مگر اِس طرح مُجرم چوکنّا ہو جاتا۔ مزہ تو اُسی وقت آتا ہے جب مُجرم کی بے خبری میں اُس پر وار کیا جائے اُس نے ارادہ کر لیا کہ جب حالات ٹھیک ہو جائیں گے تب وہ معمّا کھولے گا۔

اُن سب کو اُسی مقام پر بیٹھے بیٹھے چار دن ہو گئے اور اِن چار دنوں کے اندر ایک جنگلی بھی اُنھیں نظر نہیں آیا۔ پہلے تو وہ سمجھے کہ شاید یہ خاموشی کسی آنے والے طوفان کی نشانی ہے مگر جب کچھ بھی نہیں ہُوا تو وہ بے چین ہو گئے اور تب اسلم صاحب نے کہا۔

"کچھ سمجھ میں نہیں آتا کہ یہ کیا ہے! وہ لوگ گئے کہاں؟"

"ممکن ہے اِس جزیرے سے بھاگ گئے ہوں" امّی نے کہا۔

"مگر بھاگ کر جائیں گے کہاں؟ کیا اُن کے پاس کشتیاں ہیں؟"

"نہیں ابا جی، وہ بھاگ نہیں سکتے" انجم نے کہا: ضرور وہ ہمارے خلاف کوئی منصوبہ بنا رہے ہیں"

"مجھے تو گُڈو پر غصّہ آ رہا ہے جمّی بھیّا۔ اُس کم بخت نے ڈائری ہی نیچے پھینک دی۔"

"تمہیں معلوم نہیں نڑو ——— بندر انسانوں کی نقل کرتے ہیں۔ اُس نے جب دیکھا کہ ہم لوگ جزیرے کے ساحل پر بہت ساری چیزیں پھینک رہے ہیں تو وہ ڈائری نکال لایا اور اُسے بھی ساحل پر پھینک دیا۔" انجم نے جواب دیا۔

"لیکن اُسے یہ کیسے معلوم ہُوا کہ ڈائری کہاں رکھی ہے؟" نعیم نے دریافت کیا۔

"تمہیں یاد نہیں۔ جب ہم ڈائری کو بانس کے اُوپر چُھپا رہے تھے تو لنگُور غور سے ہماری یہ حرکت دیکھ رہا تھا۔"

"تم خواہ مخواہ کی بحث کر رہے ہو۔ میں یہ سوچ رہا ہوں کہ اگر وہ ڈائری کسی اور کے ہاتھ لگ گئی تو ہم لوگ یہیں بیٹھے رہ جائیں گے اور خزانہ کوئی اور لے جائے گا۔" اسلم جبّان نے کہا۔

"ہاں واقعی، یہ تو میں بُھول ہی گیا تھا۔" انجم نے گھبرا کر کہا۔ "لیکن ابّا جی جنگلیوں کے علاوہ اور کون ہے جو ڈائری پڑھے گا۔ جنگلی پڑھنا جانتے نہیں اور . . ."

"اور پھر اب وہ ڈائری محفوظ بھی کہاں ہوگی۔" ثروت نے بات کاٹ کر کہا۔ "ہماری بم باری میں اُس کے پرخچے اُڑ گئے ہوں گے؟"

"یہ بھی ہوسکتا ہے کہ نہ اُڑے ہوں اور ڈائری محفوظ ہو۔" نعیم نے رائے ظاہر کی۔

"تم لوگ عجیب باتیں کر رہے ہو۔ کیا ایسا نہیں ہوسکتا کہ ملّاح شومار کے ہاتھ وہ ڈائری لگ گئی ہو؟" امّی نے ایک چونکا دینے والی بات کہی۔

"نہیں بھئی، ایسا کِس طرح ہوسکتا ہے۔" اسلم صاحب نے جلدی سے اُن کی بات کاٹی۔ "اُسے تو جنگلیوں نے گرفتار کر لیا تھا۔ جب ڈائری نیچے گری ہے تو وہ اُس مقام سے کوئی دو سو گز دُور تھا اور جنگلی اُسے گھسیٹتے ہُوئے لے جا رہے تھے۔ میرا خیال تو یہ ہے کہ کوئی اور آدمی شروع ہی سے ہمارے ساتھ اِس جزیرے میں موجود ہے۔ اُسی نے ہماری راہ میں کانٹے بوئے ہیں اور اسی نے ہمارا وائرلیس توڑا ہے۔"

"وائرلیس سیٹ تو تیل کا ڈرم گرنے سے تباہ ہُوا ہے۔" انجم نے جلدی سے کہا۔

"میرا بھی یہی خیال ہے۔" امّی بولیں۔ "ہمیں خواہ مخواہ

پریشان نہیں ہونا چاہیے اور ہمت کر کے ڈائری کو تلاش کرنا چاہیے۔ اُس کے ساتھ ہی کسی طرح سُومار کو بھی آزاد کرا لیا جائے۔"

اسلم صاحب کو حیرت تھی کہ امّی جیسی ڈرپوک عورت بھی اِس وقت لڑائی کے منصوبے بنا رہی تھیں۔ بہرحال وہ سب اِس وقت موت کے مُنہ میں تھے اور ایسے وقت ہر انسان اپنے بچاؤ کی خاطر لڑنے مارنے پر آمادہ ہو جاتا ہے۔ امّی بھی ایسا ہی سوچ رہی تھیں۔

"میری ایک رائے ہے ابّاجی۔" انجم نے کچھ دیر سوچنے کے بعد کہا "ہم کھانے پینے کا ضروری سامان اور کارتوس اور بم وغیرہ لے کر ساحل ساحل اُس سمت چلتے ہیں جدھر جنگلی سُومار کو لے گئے ہیں۔ نیچے اُترنے کے بعد پہلے تو ہم ڈائری تلاش کریں گے وہ ملے یا نہ ملے، لیکن ہم اُس طرف ضرور جائیں گے جدھر سُومار گیا ہے۔ جنگلیوں کے پاس بندوقیں تو ہیں نہیں، اِس لیے اُن سے ڈرنے کی ضرورت نہیں۔"

"ہاں، اُن کے پاس تو نیزے ہی ہیں۔" ثروت نے جلدی سے کہا۔

"ظاہر ہے کہ وہ ہمارا کچھ نہیں بگاڑ سکتے۔ اگر اُنھوں نے ہم پر حملہ کیا بھی تو ہم بموں سے کام لیں گے۔ ایک بم بیس جنگلیوں کو آسانی سے ختم کرسکتا ہے۔ مجھے یقین ہے کہ اب بیس بائیس جنگلی ہی باقی بچے ہوں گے۔ ہم سُومار کو چھڑانے کی پُوری کوشش کریں گے۔ آزاد ہونے کے بعد سُومار ہماری مدد ضرور کرے گا۔"

"ہاں۔ اور پھر ہم ساحل کے ساتھ ساتھ گھُومتے ہوئے وہ زینہ بھی تلاش کرلیں گے۔" ثروت جلدی سے بولی۔

"تمھارا خیال بہت اچھّا ہے انجم۔" اسلم صاحب نے کہا۔" بس ایک دِقّت یہ ہے کہ ہمیں سُومار کو رازدار بنانا پڑے گا اور اُسے خزانے میں سے تھوڑا سا حصّہ ضرُور دینا پڑے گا۔"

یہ باتیں طے کرلینے کے بعد وہ پھر کام میں جُٹ گئے۔ کھانے پینے اور لڑائی کا سامان اکٹھا کیا گیا۔ مختلف تھیلوں میں یہ سامان ہر ایک نے اپنی اپنی کمر سے باندھ لیا۔ ایک بندوق ابّا نے لی اور دُوسری امّی نے۔ انجم کے ہاتھ میں ریوالور اور نعیم کے پاس پستول تھا۔ ثروت چھوٹی تھی، اِس لیے اُسے سب نے

اپنے بیچ میں لے لیا۔

چٹانوں سے نیچے اُترنے کے بعد یہ قافلہ آگے بڑھنے کے لیے تیار ہو گیا۔ پہلے اُنھوں نے ڈائری تلاش کرنے کی کوشش کی مگر وہ اُنھیں کہیں نہ ملی۔ ہاں، ایک مقام پر جلے ہوئے کچھ کاغذ ضرور مل گئے جن کو دیکھ کر یہ یقین کر لیا گیا کہ ڈائری بموں کی آگ میں جل گئی تھی۔ اب ہر طرح کیل کانٹے سے لیس ہونے کے بعد انھوں نے اپنی وہ خطرناک مُہم شروع کی جس کے لیے انھوں نے اتنی تیاری کی تھی۔

صُبح کا وقت تھا سمندر کی گیلی ریت پیروں کو بہت بھلی لگ رہی تھی۔ ثروت کو ننھی مُنّی رنگ برنگی سیپیاں ریت میں دکھائی دے رہی تھیں۔ اُس کا دل چاہ رہا تھا کہ وہیں بیٹھ جائے اور سیپیاں اکٹھی کرے مگر وہ وقت ان کاموں کا نہیں تھا، اس لیے دل پر پتھر رکھ کر وہ آگے ہی آگے چلتی رہی۔ ساحل پر جنگلی لوگوں کی بہت سی لاشیں پڑی ہُوئی تھیں اور اب اِن لاشوں میں سے بدبُو بھی پھُوٹنے لگی تھی۔ انجم اور ثروت چُٹکیوں میں اپنی ناکیں دبائے ہُوئے جلدی جلدی آگے بڑھ رہے تھے۔

سمندری پرندے اس مختصر سے قافلے کے اُوپر آکر چیختے رہتے تھے اور پھر کچھ دیر بعد اُسی طرح چیختے چلاتے کسی اور سمت پرواز کر جاتے تھے۔ ابھی تک کوئی واقعہ پیش نہیں آیا تھا۔ اسلم صاحب بھی حیران تھے اور انجم اور نعیم بھی۔ اُن کے خیال میں اُن کی مڈبھیڑ جنگلیوں سے ضرور ہونی چاہیے تھی۔ لیکن لگاتار تین گھنٹے ساحل پر پیدل چلنے کے بعد ابھی تک اُنھیں ایک بھی وحشی نہیں ملا تھا۔ تقریباً دو گھنٹے تک وہ اور چلے اور پھر یکایک اسلم صاحب کو وہ مقام نظر آ گیا جہاں اُنھوں نے اپنی رافٹ ساحل سے لگائی تھی ابھی تک ساحل پر وہ لکڑی گڑی ہوئی تھی جس سے اسلم صاحب نے رافٹ کو باندھا تھا۔

"ہم لوگ مریجا کے قریب والے ساحل پر آ گئے ہیں ابا جی۔" انجم نے تھک کر ریت پر بیٹھتے ہوئے کہا۔ "مگر اتنا لمبا سفر کرنے کے بعد بھی ہمیں وہ زینہ کہیں نظر نہیں آیا۔" ثروت نے سب طرف غور سے دیکھتے ہوئے کہا "ہر سمت بس تراشی ہوئی سی چٹانیں ہیں یا پھر پام کے اُونچے اُونچے درخت۔ آخر وہ زینے یا سیڑھیاں کہاں ہیں جن کے بارے میں ڈائری میں

لکھا ہُوا ہے ؟"

اسلم صاحب بھی یہی باتیں سوچ رہے تھے اور اُن کی سمجھ میں نہیں آ رہا تھا کہ کیا کریں ؟ بڑی دیر تک سب سر جوڑ کر بیٹھے رہے۔ آپس میں مشورہ کرنے کے بعد یہ طے پایا کہ اُنھیں چٹانوں کے آس پاس ہی جھاڑیوں میں چھُپ جانا چاہیے۔ اور چھُپنے کے لیے وہ غار بہت مناسب رہے گا جہاں وہ کچھ دن پہلے آ کر چھُپے تھے۔ اِس کے بعد اُن میں سے صرف ایک شخص اُوپر جائے اور درختوں اور جھاڑیوں کی آڑ لیتا ہُوا اِدھر اُدھر گھوم کر وہ سیڑھیاں تلاش کرے جن کا ذکر کیپٹن کی تحریر میں ہے۔ اس کے ساتھ ہی وہ جنگلیوں سے بھی ہوشیار رہے۔ اگر خُدا نخواستہ کوئی حادثہ پیش آ جائے تو فوراً ہوائی فائر کر دے تاکہ دُوسرے عین وقت پر اس کی مدد کے لیے پہنچ سکیں۔

انجم نے اس مقصد کے لیے اپنی اور نعیم کی خدمات پیش کیں مگر اسلم صاحب نے انکار کر دیا "بے وقوفی کی باتیں مت کرو۔ میں پہلے ہی تُم دونوں کو اپنے سے الگ کر کے پچھتایا تھا۔

بھلا یہ کس طرح ممکن ہے کہ بڑے تو بیٹھے رہیں اور بچے دُنیا بھر کا کام کرتے پھریں"
"مگر ابا جی....."
"نہیں۔ ہرگز نہیں۔ یہ کام میں خود کروں گا۔ تم دونوں یہاں بیٹھ کر اپنی ماں اور ثروت کی دیکھ بھال کرو۔ اوّل تو خُدا نے چاہا مجھے کوئی خطرہ پیش نہیں آئے گا۔ اور اگر آیا بھی تو میں فوراً ہوائی فائر کر دوں گا۔ تب تمہیں اِختیار ہے کہ میری مدد کا جو طریقہ چاہو اِختیار کرو"

امّی مجبُور تھیں۔ وہ چاہتی تو تھیں کہ اسلم صاحب کو جانے سے روک دیں۔ مگر پھر یہ سوچ کر کہ اُن کی بجائے انجم کو جانا پڑے گا، خاموش ہو گئیں۔ اسلم صاحب نے کھانے پینے کا سامان اپنی کمر سے باندھا۔ بندُوق اور کارتوس اُٹھائے۔ ایک بھرپُور نظر سب پر ڈالی اور پھر خُدا حافظ کہہ کر جنگل کی طرف روانہ ہو گئے۔ وہ جُھک کر چل رہے تھے اور بندوق ہاتھ میں لیے چوکنے تھے۔ جب وہ جنگل کے اندر غائب ہو گئے تو انجم اور نعیم نے مل کر غار کے اندر پڑے ہوئے

پتھر باہر نکال کر پھینک دیے۔ غار کو اچھی طرح صاف کیا۔ ثروت اور امی کو وہاں چادر بچھا کر بٹھا دیا اور پھر خود غار کے قریب کھڑے ہو کر پہرا دینے لگے۔

"جمی بھیا۔" ثروت کچھ سوچ کر بولی۔ "خدا نخواستہ اباجی کو کچھ ہو گیا تو ہم میں سے کون اُن کی مدد کو جائے گا؟"

"چُپ رہو ثرّو۔ بُری فال مُنہ سے نہیں نکالا کرتے۔" امی کا دِل کانپ گیا تھا۔

"ایسا نہیں ہوگا ثرّو۔" انجم نے تسلّی دی۔ "اگر ایسا ہو بھی گیا تو صرف میں اُن کی مدد کے لیے جاؤنگا۔"

"میں بھی جاؤں گا۔" نعیم اکڑ کر بولا۔

"نہیں، ہم سب جائیں گے۔ یہاں کوئی سہم سہم کر مرنے کے لیے نہیں رُکے گا۔" امی کے لب کپکپا رہے تھے اور وہ سمندر کی لہروں پر نظریں جمائے ہوئے تھیں۔

اسلم صاحب کو گئے ہوئے دو گھنٹے سے زیادہ ہو چکے تھے مگر اب تک نہ تو وہ واپس آئے تھے اور نہ انھوں نے ہوائی فائر کیا تھا۔ امی کو اب

سچ مچ فکر ہونے لگی۔ وہ جزیرہ اتنا لمبا چوڑا تو تھا نہیں کہ کسی خاص جگہ کو تلاش کرنے کے لیے اتنا وقت لگ جائے۔ پھر آخر وہ کہاں گئے؟ اگر خدا نخواستہ اُنھیں کوئی خطرہ پیش آگیا تھا تو اُنھوں نے ہوائی فائر کیوں نہیں کیا؟ فائر کی آواز پر سب کے کان لگے ہوئے تھے مگر کچھ بھی نہیں ہوا۔

تین گھنٹے اور بیت گئے اور اب انجم کو احساس ہوا کہ اُن سب نے یہ وقت بیکار ہی گنوایا۔ جب وہ خیمے سے چلے تھے تو صبح کے آٹھ بجے تھے اور اب شام کے چھ بجنے والے تھے۔ سورج آسمان کا آدھا چکر کاٹ کر مغرب میں سمندر کے اندر ڈوب رہا تھا اور اس کے ساتھ ہی اُن سب کے دل بھی ڈوب رہے تھے۔ اُنھیں اب یقین ہو گیا تھا کہ اسلم صاحب کو کوئی حادثہ پیش آگیا ہے اور اُن کی مدد کرنا بہت ضروری ہے۔

لیکن مدد کس طرح کی جائے؟ انھیں یہ تو معلوم ہی نہ تھا کہ اسلم صاحب کس مقام پر ہیں اور اُن کے ساتھ کیا حادثہ پیش آیا ہے؟ انجم اور نعیم جیسے لڑکوں کی بھلا بساط ہی کیا؟ ثروت لڑکی تھی اور

لڑکیوں کو ڈرپوک سمجھا جاتا تھا لیکن ثروت کا دل ہی جانتا تھا کہ وہ کیا سوچ رہی تھی۔ وہ سوچ رہی تھی کہ خُدا کرے کوئی ایسی بات ہو جائے کہ اُسے بھی اپنی بہادُری کے جوہر دکھانے کا موقع ملے۔ وہ بھی انجم اور نعیم کی طرح کچھ کر کے دکھائے۔

مُصیبت کے وقت خُدا اپنے بندوں کی ضرُور سُنا کرتا ہے۔ ثروت اس بات پر ایمان رکھتی تھی۔ خُدا نے اُس کی سُن لی اور اُس نے وہ کام دکھایا کہ دُوسرے عش عش کر اُٹھے۔

خزانہ دشمنوں کے ہاتھ میں

امی رات بھر روتی رہیں۔ بندوق چلانا بے شک وہ اچھی طرح جانتی تھیں، مگر یہ کام وہ اسی وقت کرسکتی تھیں کہ ان کی ہمت بندھانے والا کوئی موجود ہو۔ ہمت بندھانے والا تو جنگل میں غائب ہو چکا تھا بچوں پر بھروسا کرنا بے کار تھا، اس لیے وہ کچھ بھی نہ کرسکیں اور انھوں نے سب کچھ خدا پر چھوڑ دیا۔ انجم نے رات کے اندھیرے میں آس پاس کی سب جگہیں چھان ماریں مگر اسلم صاحب کو ملنا تھا نہ ملے۔ مجبوراً وہ بھی دل پر جبر کر کے بیٹھ گیا اور سوچنے لگا کہ دیکھیے خدا اب کیا کرتا ہے۔

اگلے دن کا سورج طلوع ہوا۔ ہلکی ہلکی ٹھنڈی روشنی چاروں طرف پھیلنے لگی۔ انجم آنکھیں پھاڑ کر دور دور تک دیکھنے کی کوشش کرنے لگا کہ شاید اسلم

صاحب اُسے کہیں نظر آ جائیں۔ اسلم صاحب تو اُسے نہیں نظر آئے، ہاں کچھ آوازیں اُسے ضرور سنائی دیں۔
کہیں دُور سے کھٹ کھٹ اور ٹھک ٹھک کی آوازیں آ رہی تھیں۔!

یہ آوازیں کیسی ہیں؟ کون ہے جو یہ آوازیں پیدا کر رہا ہے؟ پہلے تو وہ یہ سمجھا، شاید اس کے کانوں کو دھوکا ہُوا ہے۔ مگر جب امّی اور نعیم نے بھی یہی بات کہی تو انجم کے کان کھڑے ہُوئے۔ اُس کا دل کہہ رہا تھا کہ ان آوازوں سے اسلم صاحب کا ضرور کوئی نہ کوئی تعلق ہے۔

"امّی! اِس جگہ ہاتھ پر ہاتھ دھرے بیٹھے رہنے سے بہتر یہی ہے کہ ہم اُس جگہ چلیں جہاں سے یہ آوازیں آ رہی ہیں"۔ انجم نے کہا

"ہاں، ہوسکتا ہے ابا کو ہماری ضرورت ہو"۔ ثروت جلدی سے بولی۔ "اور کسی وجہ سے وہ وقت پہ ہوائی فائر نہ کر سکے ہوں"۔

"لیکن اگر ان جنگلیوں نے ہمیں بھی پکڑ لیا تو۔۔؟" نعیم خوف زدہ تھا۔

"وہ تو ہمیں بعد میں بھی پکڑ لیں گے۔ ابا کے

بغیر ہم اِس جزیرے سے جا نہیں سکتے۔" انجم بولا
"میرا خیال ہے کہ ہم چوری چُھپے اُس مقام تک چلیں
جہاں پر جنگلیوں نے ابا کو قید کر رکھا ہے۔ مجھے
یقین ہے کہ وہ جگہ یہاں سے دُور نہیں ہے۔ جس
مقام سے یہ آوازیں آ رہی ہیں، وہیں جنگلی شاید
کچُھ کر رہے ہیں۔"

"تمھارا خیال درُست ہے۔" امّی نے حوصلے سے
کام لیتے ہوئے کہا۔ "آؤ ہم ابھی اُس طرف
چلتے ہیں۔"

"پھر بھی ہمیں اِس غار میں ایک پرچہ لکھ کر
رکھ دینا چاہیے۔" ثروت نے رائے دی۔ "تاکہ ابا اگر
اتفاق سے یہاں آ جائیں تو انھیں معلوم ہو سکے
کہ ہم لوگ کہاں گئے ہیں۔"

ثروت کی بات بھی مان لی گئی۔ پرچہ لکھ کر رکھ
دیا گیا۔ سب نے پہلے کی طرح سامان اپنی پیٹھ سے
باندھ لیا اور پھر وہ آہستہ آہستہ جنگل کی سمت
بڑھنے لگے۔ چڑیاں چہچہا رہی تھیں اور اُن کی آوازوں
میں وہ کھٹ کھٹ کی آوازیں بھی دب گئی تھیں۔ وہ
دَبے دَبے پاؤں رکھتے ہوئے اندر ہی اندر بڑھتے

جا رہے تھے۔ اچانک انجم کو احساس ہُوا کہ اُن سے غلطی ہو گئی ہے۔ اُس نے کچھ دیر رُک کر سُننے کی کوشش کی۔ آوازیں اب ہلکی ہلکی سنائی دے رہی تھیں۔ اصل میں وہ جنگل میں غلط راستے پر داخل ہُوئے تھے۔ انھیں تو ساحل ساحل چلنا چاہیے تھا کیونکہ اب یہ بات انجم کو اچھّی طرح معلوم تھی کہ آوازیں بائیں طرف کے ساحل پر سے آ رہی ہیں۔ جنگل میں سے نہیں۔

وہ پرندوں کی آوازوں کی وجہ سے اُن آوازوں کو صاف نہیں سُن سکے۔ ویسے انجم کے ساتھ ہی دُوسروں کے ذہن میں بھی یہ خیال آ رہا تھا کہ ساحل پر تو وہ سب خود بھی موجُود تھے پھر آخر کیا وجہ ہے کہ رات کو اُنھوں نے ایسی کوئی آواز نہیں سُنی؟

بہرحال یہ سوچنے سمجھنے کا وقت نہیں تھا۔ انھیں تو چھُپ کر دیکھنا تھا کہ اگر وہ آوازیں ساحل ہی سے آ رہی ہیں تو وہاں کیا ہو رہا ہے؟ کیا کچھ لوگ کشتی بنا رہے ہیں؟ کوئی عمارت بن رہی ہے یا پھر کوئی اور بات ہے؟

جلد ہی وہ اُس مقام پر پہنچ گئے جہاں آوازیں تیز اور صاف سُنائی دے رہی تھیں۔ امّی بچّوں سے قد میں بڑی تھیں۔ اُنھوں نے پنجوں کے بل کھڑے ہو کر دیکھا مگر کچھ بھی نظر نہ آسکا۔ سُورج ابھی پوری طرح نہیں نِکلا تھا اس لیے ہر سَمت دُھند سی چھائی ہوئی تھی۔ جنگل دُور سے دُودھیا رنگ کی کُہر میں لپٹا ہُوا دکھائی دیتا تھا۔ انجم، ثروت، نسیم اور امّی بلّی کے سے پاؤں رکھتی ہُوئیں دھیرے دھیرے آواز کے قریب ہوتی جا رہی تھیں۔

اُنھیں یہ دیکھ کر بہت تعجب ہُوا کہ واقعی وہ آوازیں ساحل کے قریب سے آ رہی تھیں۔ خوش قسمتی سے اُس مقام پر چند اُونچی چٹانیں تھیں جو لمبی لمبی جھاڑیوں سے ڈھکی ہُوئی تھیں انجم نے اِس مختصر سی فوج کی کمان سنبھال رکھی تھی اِس لیے اُس نے اشارے سے کہا کہ وہ چٹان کے اُوپر چڑھیں۔ راستہ بہت دُشوار تھا۔ بلکہ اسے راستہ کہنا بھی غلط تھا۔ قدرتی ترشی ہُوئی چھوٹی چھوٹی چٹانیں زینے کی طرح اُس بڑی چٹان پر بنی ہُوئی تھیں۔ انجم سب سے آگے تھا۔ وہ پہلے خود اُوپر چڑھ جاتا اور

پھر دُوسروں کو چڑھنے کے لیے سہارا دیتا۔
پندرہ منٹ کی جان توڑ محنت کے بعد وہ چٹان کے اُوپر چڑھنے میں کام یاب ہو گئے اور پھر جُھک کر آہستہ آہستہ چلتے ہُوئے اُس جگہ پہنچنے کی کوشش کرنے لگے جدھر سے ٹھک ٹھک کی آوازیں آ رہی تھیں۔
سب سے پہلے انجم اُس جگہ پہنچا۔ ابھی اُس نے ٹھیک طرح سے سامنے کی طرف دیکھا بھی نہیں تھا کہ اچانک ایک بڑے سے پتّھر کے پیچھے سے ایک لمبا تڑنگا سیاہ فام جنگلی بجلی کی چمک کی طرح اُچھلا اور چیتے کی طرح جَست لگا کر انجم پر حملہ آور ہُوا۔ اُس کے زور میں انجم نیچے گر گیا۔ جنگلی اُس کے چہرے اور پسلیوں پر مُکّے مار رہا تھا۔ انجم کو اتنا موقع ہی نہ مل سکا کہ وہ اپنے ریوالور کو کام میں لاتا۔ کیوں کہ جنگلی کے حملے سے اتنا زبردست جھٹکا لگا تھا کہ ریوالور انجم کے ہاتھ سے چھوٹ کر پہاڑی سے نیچے گر چکا تھا۔
جنگلی اب انجم کے گلے کی طرف اپنے ہاتھ بڑھا ہی رہا تھا کہ اچانک وہ تکلیف سے بلبلا اُٹھا۔ انجم

نے اپنے دانت اُس کی کلائی میں گڑو دیے تھے اور اُس کا ساتھ نعیم اور ثروت نے بھی دیا تھا۔ وہ دونوں جنگلی کی کمر پر سوار ہو گئے تھے اور اُنھوں نے بھی تیز دانتوں سے اُس کی گردن اور کمر کو بھنبھوڑنا شروع کر دیا۔ تکلیف سے بوکھلا کر جنگلی انجم کو چھوڑ کر کھڑا ہونے لگا۔ لیکن اُسے اُٹھتے دیکھ کر امّی نے بندُوق کی نال دونوں ہاتھوں میں پکڑ کر اُس کا کُندہ زور سے جنگلی کے سر پر مارا۔ ایک زبردست چنگھاڑ کے ساتھ وہ وحشی مُنہ کے بل زمین پر گرا۔ اُس کے گرنے سے پہلے ہی نعیم اور ثروت کُود کر اُس سے الگ ہو چکے تھے اور انجم بھی اب کہنی کے سہارے اُٹھ رہا تھا۔ امّی نے جب دوبارہ اُس کی کمر پر کُندہ مارنا چاہا تو یہ دیکھ کر ان کی چیخ نکل گئی کہ بندُوق بیچ میں سے ٹوٹ چکی ہے۔ اُنھوں نے فوراً اسے زمین پر پھینک دیا اور پھر دوڑ کر انجم کو کلیجے سے لگا لیا۔

خوش قسمتی سے اس کے زیادہ چوٹیں نہیں آئی تھیں۔ اس نے اپنے کپڑے درست کیے پھر ہوشیاری سے پہلے اِدھر اُدھر دیکھا اور بعد میں اُس مقام کی

طرف، جہاں سے آوازیں آ رہی تھیں۔ ثروت کے سامان میں سے اُس نے دُوربین نکالی اور اُسے آنکھوں سے لگا کر سامنے کی طرف دیکھنے لگا۔

گھبرا کر اُس نے دُوربین آنکھوں سے ہٹالی اور امّی سے بولا :

"امّی، وہاں دیکھیے۔ سامنے۔ اُس چٹان پر۔ کچھ لوگ چٹان کھود رہے ہیں۔ اور اُوپر والی چٹان پر زمین میں گڑے ہُوئے ایک بانس سے ابّاجی بندھے ہُوئے کھڑے ہیں۔"

سب نے باری باری دُوربین لے کر اُس مقام کو دیکھا۔ وہ ایک عجیب قسم کی چٹان تھی۔ یُوں لگتا تھا جیسے کسی نے ایک بہت بڑے پہاڑ کو قدرتی زینے کی شکل میں اِس طرح تراش دیا ہے بیچ والی سیڑھی پر جنگلی زمین کھودنے میں مصروف تھے اور یہ ٹھک ٹھک کی آوازیں اُن کے کُدال چلانے ہی سے پیدا ہو رہی تھیں۔ تعداد میں وہ کُل نو تھے۔ ایک لمبا تڑنگا شخص جس نے شیر کا مصنوعی سر اپنے سر پر اس طرح لگا رکھا تھا کہ صرف اُس کی آنکھیں ہی نظر آتی تھیں، اُن جنگلیوں

کو ہدایات دیتا جاتا تھا اور بار بار اُوپر والی سیڑھی پر اُس مقام کو دیکھتا جاتا تھا جہاں اسلم صاحب بے بسی کے عالم میں بندھے ہُوئے یہ سب کچھ دیکھ رہے تھے۔

چٹان پر تراشی ہُوئی یہ سیڑھیاں چھوٹی نہیں تھیں۔ بلکہ ایک سیڑھی سے دُوسری سیڑھی کی اُونچائی تقریباً پچاس فٹ تھی۔ سب سے نچلی سیڑھی سمندر میں ڈوبی ہوئی تھی اور سب سے اُونچی پر اسلم صاحب کھڑے تھے۔ اِس لحاظ سے سمندر سے اسلم صاحب تقریباً ڈیڑھ سو فٹ کی بلندی پر تھے۔

آخری معرکہ

اسلم صاحب کو دیکھتے ہی ان سب میں نیا جوش اور ہمت پیدا ہو گئی۔ انجم بہت دیر سے خاموش تھا بار بار وہ ترشی ہوئی چٹان کو دیکھتا اور پھر کچھ سوچنے لگتا۔ اچانک اُس کا چہرہ جوش سے سُرخ ہو گیا۔ اس نے جلدی جلدی مگر دھیمی آواز میں کہا :

"اُفوہ ! میں بھی کتنا بے وقوف تھا جو یہ راز سمجھ نہ سکا۔ کیپٹن بلوئر نے کتنا آسان طریقہ خزانہ دریافت کرنے کا بتایا تھا۔ سمندر کا ساحل۔ تین سیڑھیاں۔ درمیانی سیڑھی۔!

! نجم نے اتنا کہہ کر اپنے ماتھے پر چپت مار کر کہا "میں بھی احمق ہوں۔ نہ جانے عقل کہاں چرنے چلی گئی تھی. سامنے دیکھیے، سمندر کا ساحل بھی ہے۔ تین سیڑھیاں بنی ہوئی ہیں اور درمیانی سیڑھی

کے نیچے خزانہ دفن ہے جسے اب ہمارے دُشمن کھود کر نکال رہے ہیں۔"

"لیکن وہ آدمی کون ہے جس نے شیر کا مُنہ لگا رکھا ہے؟" ثروت نے پوچھا۔

"وہ جنگلیوں کا سَردار ہے۔" انجم نے جواب دیا۔ "کسی مصلحت کی وجہ سے اُس نے اباجی کو باندھ رکھا ہے۔ مجھے ڈر ہے کہ ملّاح شومار کو اُس نے ختم کر دیا ہے۔"

"یقیناً یہی بات ہے۔ وہ زندہ ہوتا تو اباجی کے آس پاس ہی بندھا ہُوا ہوتا۔"

"امّی سُنیے۔" انجم نے کہا۔ "آپ دیکھ ہی رہی ہیں جس سیڑھی پر اباجی بندھے ہُوئے ہیں، ہمارے دُشمن اُس سے نچلی یعنی دُوسری سیڑھی کھودنے میں مصروف ہیں۔ اُوپر والی سیڑھی سے بیچ والی سیڑھی پچاس فٹ نیچی ہے اور ان جنگلیوں نے وہاں پہنچنے کے لیے ایک بہت لمبی سیڑھی سے کام لیا ہے۔ وہ دیکھیے بانس کی وہ سیڑھی ابھی تک پہلے اور دُوسرے زینے کے درمیان لگی ہُوئی ہے۔"

سب نے غور سے پھر اُس جگہ کو دیکھا۔ واقعی

پہلی چٹان سے دُوسری چٹان پر اُترنے کے لیے ایک بہت لمبی سیڑھی کو کام میں لایا گیا تھا۔

" مجھے یقین ہے کہ وہ صرف دس آدمی ہیں۔ اگر زیادہ ہوتے تو کوئی نہ کوئی ابّاجی کے پاس بھی پہرے کے لیے موجُود ہوتا۔ خزانہ پانے کی خوشی میں وہ یہ بھُول گئے کہ کوئی اُنھیں آزاد بھی کراسکتا ہے۔ اسی لیے وہ سب کے سب بیچ والی چٹان پر اُتر گئے اب اگر ہم چُپکے سے وہاں پہنچ جائیں اور ابّاجی کو آزاد کرانے کے بعد وہ سیڑھی لُڑھکا دیں تو جنگلی بے بس ہو جائیں گے۔ نہ تو وہ نیچے کُود سکیں گے اور نہ اُوپر چڑھ سکیں گے کیونکہ دونوں طرف کا فاصلہ پچاس پچاس فُٹ ہے۔"

انجم نے واقعی بہت عُمدہ ترکیب سوچی تھی۔ اس ترکیب پر عمل کرتے ہُوئے وہ سب جلد ہی چٹان سے نیچے اُتر آئے اور پھر جنگل کے اندر سے ہوتے ہوئے تین زینے والی چٹان کے نیچے پہنچ گئے۔ چٹان کے نیچے پہرے پر کوئی موجُود نہیں تھا۔ چٹان پر چڑھنے کی مشق وہ پہلے ہی کر چکے تھے، لہٰذا اُس چٹان پر بھی آسانی سے چڑھ گئے۔

کچھ ہی فاصلے پر اسلم صاحب بانس کے ستون سے بندھے ہوئے نظر آ رہے تھے۔ انجم جھاڑیوں کی آڑ لیتا ہوا تیزی سے اُن کے پاس پہنچا۔ اچانک بہت سارے نعروں کی آوازیں اُسے سُنائی دیں۔ اِن نعروں میں خوشی شامل تھی۔ انجم سمجھ گیا کہ جنگلیوں نے خزانہ پا لیا ہے۔ اُس کو یقین تھا کہ خزانہ پاتے ہی وہ سب فوراً سیڑھی کے ذریعے اُوپر چڑھنے کی کوشش کریں گے۔ انجم تیر کی طرح آگے بڑھا اور اس سے پہلے کہ اسلم صاحب کچھ سمجھ سکتے انجم نے اُن کے ہاتھوں میں بندھی ہوئی رسّیاں کاٹ دیں

آزاد ہوتے ہی اسلم صاحب نے جلدی سے پلٹ کر پیچھے دیکھا اور انجم کو دیکھتے ہی اُن کی باچھیں کھِل گیئں۔ امّی، نعیم اور ثروت بھی آہستہ آہستہ اُس طرف آ رہے تھے۔ نعیم نے قریب آتے ہی اپنا پستول اسلم صاحب کو دے دیا اور پھر انجم نے مختصر سے لفظوں میں اُنھیں سیڑھی کے بارے میں بتایا اور کہا کہ اُنھیں جلد سے جلد چٹان کے کنارے پہنچ کر سیڑھی نیچے گرا دینی چاہیے۔ اسلم صاحب دوڑتے ہوئے اُس طرف گئے۔ لیکن اُنھوں نے جیسے

ہی جھک کر سیڑھی کو نیچے پھینکنے کے لیے اپنا ہاتھ بڑھایا، کسی نے اُن کا ہاتھ زور سے پکڑ لیا۔ یہ جنگلیوں کا سردار تھا جو اب سیڑھی کے سب سے اُوپر والے ڈنڈے پر پہنچ چکا تھا۔ اس کے پیچھے چار جنگلی اور تھے جو آہستہ آہستہ اُوپر چڑھ رہے تھے۔ اسلم صاحب کوشش کر رہے تھے کہ اپنا ہاتھ چھڑا کر سیڑھی کو زور لگا کر نیچے پھینک دیں اور سردار کوشش کر رہا تھا کہ اسلم صاحب کو کھینچ کر نیچے پھینک دے۔ دونوں طرف سے زور آزمائی ہو رہی تھی مشکل یہ تھی کہ اسلم صاحب کے پکڑنے کے لیے اُوپر کوئی چیز نہیں تھی۔ اُن کا پستول بھی سردار نے ایک جھٹکے کے ساتھ نیچے پھینک دیا تھا۔ جنگلی سردار نے ایک ہاتھ سے سیڑھی کے بانس کو پکڑ رکھا تھا اور دوسرے ہاتھ سے وہ اسلم صاحب کو کھینچنے کے لیے زور لگا رہا تھا۔ اسلم صاحب پیٹ کے بل زمین پر لیٹ گئے تھے اور بالکل مگرمچھ کی طرح انھوں نے زمین کو دبوچ لیا تھا۔ سردار کافی طاقت ور تھا۔ وہ اُن کو بُری طرح کھینچ رہا تھا اور اسلم صاحب تھوڑا تھوڑا کر کے آگے گھسٹتے جا رہے

تھے۔ ثروت خوف زدہ نظروں سے اِس منظر کو دیکھ رہی تھی اور امّی کی سمجھ میں نہیں آ رہا تھا کہ وہ کیا کریں۔ آخر دوڑ کر وہ اسلم صاحب کے قدموں کے پاس لیٹ گئیں اور اُن کے دونوں پیر مضبوطی سے پکڑ لیے۔ ثروت کو اَچانک ایک خیال آیا اور اُس نے چلّا کر نعیم سے کہا۔

"نعیم تم بھی ابّا جی کے پیر پکڑ کر اپنی طرف کھینچو۔ میں اور جمی بھیّا اِس مردُود کی خبر لیتے ہیں"

نعیم نے اُس کے کہنے پر عمل کیا اور امّی کے ساتھ ہی اُس نے بھی زور لگانا شروع کر دیا۔ اِس سے اِتنا تو ہُوا کہ جنگلی سردار گھبرا گیا اور سوچنے لگا کہ اب اُسے کیا کرنا چاہیے؟ پھر اُس نے فوراً ہی ایک ترکیب سوچ لی کیوں کہ جب اُس نے گردن موڑ کر نیچے دیکھتے ہُوئے اُن جنگلیوں سے جو اُس سے نچلی سیڑھیوں پر تھے، بلند آواز میں کچھ کہا تو اچانک نیچے والا جنگلی اپنے سردار کے جسم پر چڑھتا ہُوا اُوپر آنے لگا۔

یہ بہت عُمدہ ترکیب تھی اور اِس طرح جتنے بھی جنگلی نیچے تھے وہ اُوپر آ سکتے تھے۔ ثروت نے

یہ حرکت دیکھ لی۔ اُس نے یہ بھی دیکھ لیا کہ جو جنگلی اپنے سردار کو پکڑ کر اُوپر چڑھ رہا ہے اس کے ہاتھ میں ایک زہریلا بھالا بھی ہے۔ اُسے یہ ڈر تھا کہ جنگلی، سردار کے کندھوں تک آنتے ہی یہ بھالا زمین پر لیٹے ہُوئے اسلم صاحب کی کمر میں بھونک دے گا۔ یہ بات محسوس کرتے ہی اُس نے انجم کو اشارہ کیا جو اِتنی دیر میں اپنی جیب سے غُلیل نکال چکا تھا اور اب اُس کی گوپھن میں ایک نُکیلا پتھر دبائے ثروت کے حُکم کا انتظار کر رہا تھا ثروت اپنی جیب میں رکھے ہُوئے چھوٹے سے آئینے کو ہاتھ میں لے کر دُھوپ کا عکس چڑھتے ہُوئے جنگلی کی آنکھوں پر ڈالنے میں مصرُوف تھی۔

دُھوپ کا تیز عکس جیسے ہی جنگلی کی آنکھوں پر پڑا اُس نے گھبرا کر ہاتھ میں پکڑا ہُوا نیزہ نیچے پھینک کر وہی ہاتھ اپنی آنکھوں پر رکھنے کی کوشش کی۔ مگر ہاتھ اُس کی آنکھوں تک پہنچا بھی نہ تھا کہ اُس نے ایک بھیانک چیخ ماری۔ انجم کی غُلیل کا پتھر اس کے مُنہ پر پڑا تھا اور وہ ایک بھیانک چیخ مار کر سر کے بل نیچے گر گیا

سردار کی سمجھ میں پہلے تو کچھ نہ آیا کہ کیا ہُوا لیکن جب صُورتِ حال اُس کی سمجھ میں آ گئی تو اب اُس نے بھی جلدی سے اُوپر چڑھنے کی کوشش کی۔ مگر اُس کی یہ کوشش ثروت کے آئینے اور انجم کی غلیل نے ناکام بنا دی۔ غُلیل کا پتھر اُس کے سینے پر لگا۔ اور وہ بھی ایک بھیانک چیخ مار کر نیچے گِرا۔ اُس کے گِرتے ہی اسلم صاحب کو موقع مِل گیا اور اُنھوں نے جلدی سے آگے جُھک کر سیڑھی سمندر کی سَمت لُڑھکا دی۔ دو جنگلی اب بھی سیڑھی کے اُوپر والے ڈنڈوں سے چمٹے ہُوئے تھے۔ سیڑھی تو بیچ والے زینے پر رہ گئی البتّہ وہ دونوں جنگلی چٹانوں سے زخمی ہوتے ہُوئے سمندر میں گِر گئے اور اُس کی خوف ناک اور بُھوکی لہروں کی نذر ہو گئے۔

اب اُس قُدرتی زینے کی بیچ کی سیڑھی پر کُل پانچ جنگلی باقی رہ گئے۔ وہ اُوپر دیکھ کر چیخ رہے تھے اور اِدھر اُدھر چُھپنے کی جگہ تلاش کر رہے تھے۔ مگر اُن کے تین طرف پچاس پچاس فٹ گہرے کھڈ تھے اور کھڈوں کے نیچے سمندر

کی بھیانک لہریں۔ انجم اُوپر سے تاک تاک کر اُن کے پتھر مار رہا تھا۔ غُلیل سے نِکلا ہُوا پتھر جس کے بھی پڑتا وہ بلبلا اُٹھتا۔

اسلم صاحب بھی پتھر اُٹھا اُٹھا اُنھیں مار رہے تھے۔ پتھروں سے گھبرا کر دو جنگلیوں نے نیچے چھلانگ لگا دی اور پھر انجم کو اُن کی چینخیں سُنائی دیں۔ باقی تین میں سے دو انجم کی غُلیل سے زخمی ہو کر تڑپ رہے تھے۔ ایک جو باقی رہ گیا تھا اُس نے ڈر کر اپنا مُنہ گھٹنوں میں دے لیا تھا اور وہ اب اُکڑوں بیٹھا ہُوا تھا۔ خزانہ اُسی طرح پڑا تھا اور اُس جنگلی کو یہ بھی ہوش نہ رہا تھا کہ وہ خزانہ اسلم صاحب کے ہاتھ نہ لگنے دے اور اسے اُٹھا کر سمندر میں پھینک دے۔!

اسلم صاحب داد بھری نظروں سے انجم اور ثروت کی غُلیل اور آئینے کو دیکھ رہے تھے کیوں کہ اِس آڑے وقت میں بچّوں کی یہی دو چیزیں اُن سب کی جان بچانے کا ذریعہ بنی تھیں۔ حال آنکہ کوئی اور وقت ہوتا تو یہی اسلم صاحب اُن دونوں کو غُلیل استعمال کرنے پر بُرا بھلا کہتے، مگر اب اِسی غُلیل نے

وہ کام دکھایا تھا جو اچھی سے اچھی بندوق بھی نہ کر سکی تھی۔

امّی اسلم صاحب کے پاس کھڑی ہوئی وہ زخم اور خراشیں دیکھ رہی تھیں جو جنگلیوں کی قید میں رہ کر اُن کے لگی تھیں۔ اس کے ساتھ ہی وہ انھیں گزشتہ واقعات بھی سُناتی جا رہی تھیں۔ انجم اور ثروت کے ساتھ نعیم بھی پتھروں سے اُس جنگلی کی تواضع کر رہا تھا۔ کوئی زخمی اگر اُٹھنے کی کوشش کرتا تو انجم کی غُلیل فوراً اس کی خبر لیتی۔ اسلم صاحب نے یہ سوچ کر کہ کہیں جنگلیوں کے سردار کو ہوش نہ آ جائے، جلدی سے نیچے اُترنے کا فیصلہ کرلیا۔ سیڑھی تو نیچے گر چکی تھی اس لیے اسلم صاحب نے سامان میں سے لمبی لمبی رسّیاں نکال کر جوڑ لیں۔ رسّی کا سرا اُس بانس سے باندھ دیا جس سے وہ پہلے بندھے ہوئے تھے۔ امّی نے احتیاط سے رسّی پکڑ لی اور اسلم صاحب رسّی سے لٹک کر نیچے اُترنے لگے۔ انجم غلیل میں پتھر دبائے ان کی حفاظت کرتا رہا۔

اسلم صاحب نے نیچے پہنچتے ہی سب سے

پہلے پستول اور بندوق پر قبضہ کیا۔ یہ بندوق جنگلیوں کے سردار نے اُن سے چھین لی تھی۔ پستول انھوں نے اُوپر اُچھال دیا اور نیچے پڑی ہُوئی سیڑھی دوبارہ اُوپر لگاتے ہُوئے انجم کی امّی سے کہا کہ وہ بچّوں کو نیچے بھیج دیں۔ خود پستول لے کر سیڑھی کی حفاظت کریں۔ امّی نے ایسا ہی کیا۔ انجم، ثروت، اور نعیم جب نیچے اُتر آئے تو سب سے پہلا کام انھوں نے یہ کیا کہ اُکڑوں بیٹھے ہُوئے جنگلی اور شیر کے سر والے سردار کے ہاتھ کس کے باندھ دیے اور پھر سب خزانے کی طرف چلے۔

خزانہ کیا تھا ایک بڑا سا ڈبّا تھا، جس میں ہیرے جواہرات، سونے کی ڈلیاں اور اشرفیاں بھری ہُوئی تھیں۔ سونے کے پیالے، چمک دار خنجر جن کے دستے پر قیمتی پتّھر لگے تھے، انگوٹھیاں اور ہیرے جڑے ہُوئے ہار۔ غرض وہ خزانہ کروڑوں روپے کی مالیت کا تھا۔ انجم اور ثروت خزانہ پا کر دیوانوں کی طرح ناچنے لگے وہ اس بات سے بے خبر تھے کہ جنگلیوں کا سردار اب ہوش میں آ چکا ہے اور ہاتھ بندھے

ہونے کے باوجود اسلم صاحب پر چھلانگ لگانے کی کوشش کر رہا ہے۔ جیسے ہی اُس نے جست لگائی ایک زور دار آواز کے ساتھ تڑپ کر نیچے گر گیا۔ یہ امی کے پستول کی آواز تھی جو انھوں نے اُوپر ہی سے داغ دیا تھا۔ گولی سردار کی ٹانگ میں لگی تھی اور وہ زمین پر پڑا بُری طرح کراہ رہا تھا۔

خزانہ رسّیوں سے باندھ کر اُوپر پہنچا دیا گیا اور اس کے ساتھ ہی اسلم صاحب بھی تینوں بچّوں کے ہمراہ اُوپر آ گئے تھے۔ جب وہ سیڑھی واپس سمندر میں پھینکنے لگے تو سردار صاف اُردو میں چلّانے لگا:

"خُدا کے لیے ایسا مت کرو۔ مُجھے قتل کر دو۔ لیکن اس طرح سِسکتا بِلکتا مت چھوڑو۔"

"کیوں، جب تم نے ہم پر رحم نہیں کیا تو ہم تم پر کیوں کریں۔" ثروت نے چلّا کر کہا۔

"پہلے یہ بتاؤ کہ تم کون ہو؟" اسلم صاحب نے دریافت کیا: "اتنی صاف اُردو کِس طرح بول

رہے ہو؟"

"کیوں نہیں بولیں گے۔" انجم نے کہنا شروع کیا: "یہ جنگلی ہیں ہی کب جو اُن کی زبان میں بات کریں گے۔ ان کے بارے میں، میں آپ کو بتاؤں گا ابّا جی۔"

"کیا؟ — کیا بتاؤ گے؟" اسلم صاحب نے حیرت سے انجم کی طرف دیکھ کر کہا۔

"یہی وہ حضرت ہیں جو بندرگاہ سے چلتے وقت ہماری ایک ایک حرکت پر نگاہ رکھے ہوئے تھے۔ انھوں نے ہی ہم سے پہلے اس جزیرے میں پہنچ کر چنبیلی صابن کمپنی والوں کی طرف سے بنائی ہوئی جھونپڑی تباہ کر دی تھی اور کمپنی والوں کی طرف سے دیا ہوا خوراک کا ذخیرہ سمندر میں لے جا کر پھینک دیا تھا۔"

"مگر یہ ہے کون؟" امّی نے تعجب سے پوچھا۔

"ابھی بتاتا ہوں۔ پہلے آپ پوری کہانی سُنیے۔" انجم نے اتنا کہہ کر سردار کو پھر دیکھا اور بولا "یہی تھے وہ حضرت جو اپنے کوٹ کا ایک بٹن تباہ شدہ جھونپڑی کے پاس چھوڑ گئے تھے اور اسی بٹن

کی وجہ سے مجھے ان کا اَتا پتا معلوم ہُوا۔ یہ اِس جزیرے کے جنگلیوں سے ملے ہُوئے تھے اور اُن کے سردار بن گئے تھے۔ اِنھوں نے مریجا کے بُت کے پیچھے اور جنگل کے مختلف درختوں پر بہت سارے لاؤڈ سپیکر لگا دیے تھے۔ سب سے بڑا سپیکر بُت کے پیچھے لگایا تھا۔ کسی پوشیدہ جگہ سے یہ بولتے رہے اور آواز جنگل میں گونجتی رہی بعد میں بُت کے قدموں میں انھوں نے لوبان جلا کر دُھواں پیدا کیا۔ مگر میں سمجھ چکا تھا کہ معاملہ کیا ہے؟"

سردار سر جھکائے خاموشی سے انجم کی باتیں سُن رہا تھا۔

"ہمارے وائرلیس سیٹ پر بھی اِنھوں نے ہی تیل کا ڈرم لُڑھکایا تھا۔ میں نے ڈرم پر تیل میں بھرے ہُوئے ہاتھوں کے نشان دیکھے تھے۔ ہم سمجھے تھے کہ ڈرم اپنے آپ ہی گر پڑا ہوگا مگر دراصل یہ اِنھیں حضرت کی سازش تھی۔ ان کے کہنے ہی پر جنگلیوں نے ہم پر حملہ کیا۔ ہماری بدقسمتی کہ گڈو لنگور نے کیپٹن سلور والی ڈائری لڑائی

کے دوران میں نیچے پھینک دی تھی۔ ہم لوگ غلط سمجھے تھے۔ ڈائری جلی نہیں تھی بلکہ وہ ان حضرت کے ہاتھ لگ گئی تھی۔"

انجم نے انگلی سے سردار کی طرف اشارہ کیا۔ امی اور ابا محبت بھری نظروں سے انجم کو دیکھ رہے تھے اور انجم کا چہرہ غصّے سے تمتمایا ہوا تھا۔

"لیکن اس نے سوُمار کا کیا کیا؟ کہیں اُسے مار تو نہیں ڈالا؟" ابا نے پوچھا۔

"میں یہ بے شک مان لیتا اگر مرا ہوا شخص دوبارہ زندہ ہو کر ہمارے سامنے کھڑا ہوا نہ ہوتا۔"

"کیا مطلب؟" امی نے چونک کر انجم کو دیکھا۔

"یہ سردار اور ملاح سوُمار ایک ہی آدمی کے دو رُوپ ہیں۔"

"ملاح سوُمار!" سب حیرت سے ایک ساتھ چیخے۔

"جی ہاں۔" انجم مسکرایا۔ "اباجی آپ نیچے جا کر ان کے سر سے یہ شیر کا سر اُتار دیکھیے اور پھر خود ہی دیکھ لیجیے۔"

اسلم صاحب نے نیچے اُتر کر ایسا ہی کیا۔ سوُمار کے ہاتھ چوں کہ بندھے ہوئے تھے اس لیے وہ کچھ نہ کر سکا۔ نقاب اُترتے ہی اس نے شرمندگی سے اپنی نظریں جھکا لیں۔

"سُومار!" اسلم صاحب نرمی سے بولے "خزانے کے لیے اتنے پاپڑ بیلنے کی کیا ضرورت تھی؟ تم اگر مجھ سے کہتے تو میں تمہیں بھی حِصّے دار بنا لیتا۔"

سُومار کے ہونٹ کپکپا رہے تھے اور آنکھیں ڈبڈبا آئی تھیں "مجھے معاف کردو۔ معاف کردو" اتنا کہہ کر اُس نے اپنا مُنہ گھٹنوں میں دے لیا اور پھر بُری طرح رونے لگا۔ بار بار وہ سر اُٹھا کر کہتا جاتا تھا:

"مجھے لالچ نے اندھا کر دیا تھا —— میں بہت ذلیل اور کمینہ ہُوں —— مجھے معاف مت کرو بلکہ اس چٹان سے سمندر میں پھینک دو —— میں اِسی لائق ہوں —— ہاں میں اِسی لائق ہُوں۔"

جب وہ بُری طرح رونے لگا تو اسلم صاحب آگے بڑھے۔ اس کے کندھے پر ہاتھ رکھا اور تسلّی دیتے ہُوئے بولے:

"جو شخص اپنی خطائیں مان لے، خُدا بھی اسے معاف کر دیتا ہے —— نہیں سُومار، ہم تمہیں ہر گز سمندر میں نہیں پھینکیں گے۔ تم

ہمارے بھائی ہو۔ کھڑے ہو جاؤ۔"
شومار اسلم صاحب کا یہ شریفانہ برتاؤ دیکھ کر فوراً اُن کے قدموں میں گر پڑا اور رو رو کر معافی مانگنے لگا۔ اس کے ہاتھ ابھی تک کمر کی طرف بندھے ہوئے تھے۔ ثروت اِس عرصے میں سیڑھی سے اُتر کر نیچے آچکی تھی وہ مُسکراتی ہُوئی چُپکے چُپکے آگے بڑھی اور پھر اُس خنجر سے وہ بند کاٹ ڈالے جس سے شومار کے ہاتھ بندھے ہُوئے تھے —— شومار نے حیرت سے پلٹ کر دیکھا اور پھر ثروت کو مُسکراتا دیکھ کر جلدی سے اُسے دونوں ہاتھوں میں اُٹھا لیا۔
"کیوں شومار۔ میرے بچوں کی نیکی دیکھی؟"
"میں شکر گزار ہوں صاحب! میں زندگی بھر شرمندہ رہوں گا۔"

★

خزانہ اپنے ساتھ لے کر وہ سب خیمے میں آئے۔ اسلم صاحب نے طے کر لیا کہ وہ جزیرہ اپنے نام نہیں کرائیں گے۔ کیوں کہ سنسان جگہ پر آدمی نہ روتا ہُوا اچھا نہ ہنستا ہُوا۔ وہ سب شہر

واپس جائیں گے اور حکومت کو خزانے کی بابت بتائیں گے۔ حکومت اپنا حصّہ لینے کے بعد انہیں جو کچھ دے گی اُس کا ایک بٹا دس حصّہ سومار کو مل جائے گا۔

سُومار نے جب یہ سُنا تو اُس نے فوراً انکار کیا اور بولا:

" مجھے خزانہ نہیں چاہیے۔ میری آنکھیں اب کھُل چکی ہیں آپ کے بچّوں کی بہادری، ہمّت اور ایمان داری دیکھ کر مجھے اپنے بچّے یاد آنے لگے ہیں۔ مجھے کیا معلوم تھا کہ خُدا نے مجھے بھی ایک خزانہ ان بچّوں کی شکل میں دے رکھا ہے۔ بس۔ میرے لیے وہی خزانہ کافی ہے۔" دوسرے دن وہ سب کشتی میں بیٹھے ہُوئے واپس بندرگاہ کی طرف جا رہے تھے۔ ثروت کو یہ جزیرہ بہت پیارا لگا تھا۔ کیونکہ جزیرے میں رہ کر اس نے ایک غلط آدمی کو اچھا ہوتے ہوئے دیکھا تھا اور ساتھ ہی اسے ایک محبت کرنے والا ساتھی بھی مل گیا تھا۔ ایسا ساتھی جو اس وقت بھی اس کے کندھے پر چڑھا ہُوا اس کے سر میں نظر نہ آنے والی جُوئیں دیکھ رہا تھا۔ یعنی وُہی لنگور گڈو!